THE HITCHHIKER'S GUIDE TO THE GALAXY

生命，宇宙以及一切

Life, the Universe and Everything

〔英〕道格拉斯·亚当斯 著 姚向辉 译

上海译文出版社

献给萨莉

1

恐怖的叫声每天清晨例行响起，因为亚瑟·邓特醒来忽然回忆起了他身处何方。

倒不是因为岩洞很冷，也不是因为洞里潮乎乎、臭烘烘的，而是因为岩洞就在伊思灵顿的正中央，却要到两百万年以后才有巴士经过。

就这么说吧，再怎么迷路都比在时间上迷路强，亚瑟·邓特可以作证，他在时间和空间两方面都有许多迷路的经验，但在空间上迷路至少能让你忙得不可开交。

他受困于史前地球束手无措，在制造出如此结果的一系列复杂事件中，被炸飞和遭侮辱这两种命运交替落在他身上，地点则是银河系中他做梦也没想到过的诡谲区域，虽说他的生活已经变得非常、非常、非常之平静，但他此刻仍旧一惊一乍的。

到今天为止，他有五年没有被炸飞过了。

四年前，他和福特·大老爷散了伙，从此就没怎么见过什么人，所以在这段时间内也没有受过侮辱。

只有一次例外。

事情发生在两年前的一个春日傍晚。

那天黄昏刚过，他走在回岩洞的路上，忽然注意到有怪异的光线透过云层。他转过身，盯着光线看，希望突然涌上心头。救援。逃脱。遇难者遥不可及的美梦：一艘飞船。

就在他的眼前，在他惊异而又激动的目光注视下，一艘修长的银色飞船穿过温暖的晚风徐徐降落，悄无声息，不忙不乱，修长的起落架轻轻放下，犹如一段舒缓的科技芭蕾。

飞船盈盈落地，仿佛被静谧的夜晚催眠了，发出的微弱嗡嗡声也逐渐消失。

舷梯自动伸展。

光线倾泻而出。

舱口出现了一个高挑的剪影。那人走下舷梯，站在亚瑟面前。

“邓特，你是个混蛋，”那人说得直截了当。

来者是个外星人，非常外星的外星人。个子是那种特别的外星高，长了个特别外星的扁平脑袋，生着一双特别外星的狭缝小眼，夸张的金色长袍一垂到地，领口样式也特别外星，淡灰绿色的外星皮肤光彩焕发，绝大多数灰绿色脸孔唯有通过大量锻炼和使用极其昂贵的肥皂才能这般光彩照人。

亚瑟一时语塞。

对方直勾勾地盯着他。

讶异顿时压倒了亚瑟一开始的希望和战栗，各种各样的念头打起群架，争夺声带此刻的使用权。

“啥……？”他说。

“呜……呼……呃……”他又说。

“噜……啦……哇……谁？”他终于挤出一个字，随即陷入了躁狂的沉默。他连自己也不记得多久没和人说过话了，现在终于品尝到了后果。

外星生物短暂地皱了皱眉，抬起纤细瘦长的外星手爪，瞅了两眼看似是某种写字板的东西。

“亚瑟·邓特？”对方说。

亚瑟惨然点头。

“亚瑟·菲利普·邓特？”外星人吼得言简意赅。

“呃……呃……是的……呃……呃，”亚瑟答应道。

“你是个混蛋，”外星人重复道，“彻头彻底的王八羔子。”

“呃……”

外星人自顾自地点点头，在写字板上打了个特别外星的勾，轻快地一转身，返回那艘飞船。

“呃……”亚瑟无助地说，“呃……”

“少跟我来这套！”外星人怒喝道，大步走上舷梯，穿过舱门，消失在了飞船中。飞船自动关上门，开始发出低沉而有节奏的嗡嗡声。

“呃，嘿！”亚瑟喊道，他绝望地跑向飞船。

“等一等！”他喊道。“这是怎么回事？怎么了？等一等！”

飞船升了起来，把重量如斗篷般抖落在地，略微盘旋片刻，以怪异的姿势直冲夜空。飞船穿过云层，照亮云层片刻，随即消失得无影无踪，留下亚瑟独自在无边无际的大地上跳着绝望而微不足道的舞蹈。

“什么？”他嘶喊道。“什么？什么？喂，什么？给我回来说清楚！”

他又是跳又是蹦，直到双腿颤抖，又是喊又是叫，直到两肺刺痛。谁也不答应他。没有人听他嘶吼，也没有人对他说话。

外星飞船轰隆隆地飞向大气层外缘，即将进入隔开宇宙间寥落星辰的恐怖虚空。

飞船的乘客，也就是那位拥有昂贵肤色的外星人，躺在飞船唯一的座位里。他名叫“无尽延长”哇噢拜戈。他有理想，尽管算不上什么远大志向——他愿意自己头一个承认——但至少是个理想，至少还能推着他一直前进。

“无尽延长”哇噢拜戈是——更确切地说，始终是——宇宙间极少的几个永生生物之一。

天生不死不灭的生物本能地知道该如何应付永生，但哇噢拜戈却不属于此列。实际上，他对他们的恨意与日俱增——那群心如止水的狗杂种。一场涉及一台非理性粒子加速器、一顿流质午餐和两条橡皮筋的不幸意外硬是把永生塞给了他。事故的具体细节并不重要，因为谁也没法精确复制出当时的情况，还有许多人在尝试的过程中要么狼狈不堪，要么魂归地府，要么两者兼备。

哇噢拜戈闭上眼睛，露出冷酷而疲惫的表情，让飞船的立体声系统播放轻爵士乐，想到若不是那些周日下午的打扰，他或许已经成功了——说真的，他确实有可能成功。

刚开始还挺有趣的，他胆大妄为，过着充满危险的日子，冒着重重风险，靠高收益的长期投资发了大财，活得基本上比任何人都长。

但到最后，他还是败给了周日下午那种可怕的倦怠，倦怠开始于两点五十五分左右，你知道你已经洗过了今天一般能洗的所有澡，再怎么看报纸上的随便哪段文字，也没法真正读进脑子里，也不可能去尝试报纸描述的革命性的剪枝新技术；你盯着挂钟指针不屈不挠地走到四点，然后就进入了漫长黑暗的灵魂下午茶时间[1]。

于是，万事万物在眼中都变得乏味了。他经常在别人葬礼上露出的欢快笑容渐渐褪色。他开始厌恶整个宇宙，尤其是宇宙间的每一个人。

他就这样构造了自己的理想，把这件事当作驱使他前进的动力——就他所见，将驱使他永远前进。他的理想是这样的：

他要侮辱整个宇宙。

也就是说，侮辱宇宙间的每一个人。单独地、个人对个人地、一个接一个地，以及(这是他真正下定决心要咬牙克服的困难)按照字母顺序地侮辱他们。

有人提出反对意见——他们就喜欢给人泼凉水——说这个计划不但误入歧途，而且事实上根本就不可能做到，因为凡人总有生老病死，碰到这种时候，他只是用冰冷的目光望着对方，答道，“做人总得有梦想，对吧？”

他就此踏上征程，给一艘坚固耐用的飞船安装了强大的电脑，这台电脑能处理追踪已知宇宙中的全部人口这个过程所牵涉的全部数据，计算出所需要的复杂得让人胆战心惊的路线。

飞船穿过行星系的内层轨道，准备绕太阳兜上大半圈，利用引力弹弓效应，把飞船抛进星际空间。

---

① 漫长黑暗的灵魂下午茶时间(The Long Dark Tea-Time of the Soul)：1988 年，道格拉斯·亚当斯以此为题写了他的第二本德克·简特利侦探小说，2008 年由 BBC 改编成六集广播剧。——译者

“电脑，”他说。

“来了，”电脑尖叫道。

“接下来呢？”

“正在计算。”

哇噢拜戈盯着犹如被珠宝点缀的璀璨夜空看了好一会儿，数以十亿计的星球好似钻石碎屑，不断向无尽黑暗挥洒光芒。每个光点，每颗星球，都在他的路线上。其中大多数他将拜访几百万次。

他想象片刻，用他的路线把天空中的全部小点都连接起来，就仿佛孩童的数字连线游戏。他希望从宇宙中的某个视角望过去，能见到一个非常、非常粗鲁的字眼。

电脑发出刺耳的哔哔声，告诉他计算已经完成。

“福尔芳嘉，”电脑说，然后发出哔哔声。

“福尔芳嘉星系第四颗有人居住的行星，”电脑又说，再次发出哔哔声。

“预计航行时间为三个星期，”电脑又接着说，接着发出哔哔声。

“到那里见一只阿-鲁斯-乌普-希尔-伊普德纽属的小蛞蝓，”电脑用哔哔声说。

“我相信，”电脑停顿片刻，继续用哔哔声补充道，“你决定管那东西叫‘缺心眼没脑子的白痴’。”

哇噢拜戈冷哼一声。他望着舷窗外的宏伟宇宙看了一两秒钟。

“我想打个瞌睡，”他说，又问道，“接下来几个钟头我们将经过哪些电视网覆盖的区域？”

电脑哔哔了几声。

“‘宇宙视像’、‘思维电影’和‘家庭脑盒’，”电脑说完又哔哔了几声。

“有什么电影我还没看满三万次吗？”

“没有。”

“哦。”

“有部叫《太空焦虑》的，你只看了三万三千五百一十七遍。”

“胶片放到第二卷叫醒我。”

电脑发出哔哔声。

“祝你睡得香甜，”电脑说。

飞船继续穿越无尽长夜。

与此同时，地球下起了倾盆大雨，亚瑟·邓特坐在岩洞里，度过了他这辈子最最糟心的一个夜晚，他一边想本来可以对那个外星人说些什么，一边扑打苍蝇，苍蝇也度过了一个糟心的夜晚。

第二天，他用兔皮给自己做了个小口袋，因为他觉得口袋方便装东西。

2

事过两年后，亚瑟钻出在找到更好的名字或更好的岩洞前称之为家的岩洞，觉得今天早晨无比美妙，令人心醉。

尽管例行晨叫又喊得亚瑟喉咙生疼，但他的情绪忽然间好得不得了。他把破破烂烂的晨衣紧紧地裹在身上，对明媚的早晨绽放笑容。

空气清新而芬芳，微风轻轻吹动岩洞周围的高秆草，鸟儿互相婉转啁啾，蝴蝶跳着轻快的潇洒舞步，整个大自然似乎决心要尽其所能让人心情舒畅。

不过，让亚瑟如此愉悦的并不全是这番田园美景。他刚刚有了个绝妙的点子，能帮他应付可怕的孤独同与世隔绝、每晚光顾的噩梦、尝试园艺活动的彻底失败和在史前地球上微不足足道且前途渺茫的生活，答案就是：他打算发疯了。

他再次绽放笑容，咬了一口昨天晚饭剩下的兔子腿。他快活地嚼了几分钟，然后正式决定要宣布他的想法。

他站得笔直，用坦然目光直视旷野和山丘。为了给字句添加分量，他把兔子骨头插进头发。他最大限度地伸展双臂。

“我要发疯啦！”他宣布道。

“好主意，”一直坐在石头上的福特·大老爷爬了下来。

亚瑟的大脑乱翻筋斗，下颏做起了俯卧撑。

“我疯了一段时间，”福特说，“带来的好处数不胜数。”

亚瑟的眼珠做着侧手翻。

“你看——”福特。

“你去哪儿了？”亚瑟打断他的话，他的脑袋终于热身完毕。

“附近呗，”福特说，“四处走走。”他咧嘴一笑，准确地判断出这个笑容能惹得对方怒不可遏。“只是把脑子从挂钩[①]上取了下来。我觉得如果这个世界实在需要我，肯定还会打回来的。事实果然如此。”

他从破烂不堪、没了形状的小背包里取出亚以太感应仪。

“至少，”他说，“我觉得世界打了回来。这东西响了有段时间了。”他摇摇那东西。“如果是假警报，那我非得发疯

① 指电话机的机座。——译者

不可，”他说，“再次发疯。”

亚瑟摇摇头，坐了下去。他抬起头看着福特。

“还以为你肯定死了……”他坦率地说。

“我有阵子也这么想，”福特说，“后来有几个星期我觉得自己是个柠檬，跳进跳出一杯金汤力，给我带来了许多乐趣。”

亚瑟清清喉咙，然后又清了清喉咙。

“你，”他说，“在哪儿……？”

“找到的金汤力？”福特快活地说。“我发现了一个小湖，觉得那是一杯金汤力，跳进跳出玩个不停。至少我觉得它认为自己是杯金汤力。”

“也许，”他的笑容能吓得精神正常的人逃进树林，“只是我的想象而已。”

他等待亚瑟做出反应，但亚瑟知道他不该点评。

“接着说，”他淡淡地说。

“重点在于——你看，”福特说，“发了疯似的阻止自己发疯毫无意义。还不如就此放弃，把正常的心智留给未来。”

“你已经恢复正常了，对吧？”亚瑟说。“别误会，只是想问问清楚而已。”

“我去过非洲了，”福特说。

“是吗？”

“是的。”

“非洲怎么样？”

“这莫不是你的岩洞？”福特说。

“呃，是的，”亚瑟答道。他觉得很奇怪。将近四年彻底隔绝的生活过后，看见福特他又是高兴又是如释重负，就快哭出来了。而福特却恰恰相反，这家伙几乎立刻又开始惹人讨厌。

“真不错，”福特评论着亚瑟的岩洞。“你肯定很讨厌它。”

亚瑟都懒得回答。

“非洲很有意思，”福特说，“我在那里的举动非常古怪。”

他若有所思地眺望远方。

“刚开始我对动物很残忍，”他轻描淡写地说。“但只是，”他补充道，“业余爱好而已。”

“哦，好吧，”亚瑟警惕了起来。

“真的，”福特要他安心。“我就不拿细节让你烦心了，否则的话——”

“会怎样？”

“会让你烦心。但你也许有兴趣知道，许多世纪以后你们称为长颈鹿的那种动物，其进化造型由本人单独负责。我还尝试过学习飞翔。你相信我的话吗？”

“你觉得呢？”亚瑟答道。

“以后再说。我只想说《指南》有言道……”

“什么……？”

“《指南》。《银河系搭车客指南》。不记得了？”

“记得。我记得我把它扔进河里了。”

“是的，”福特说，“但被我捞出来了。”

“你没有告诉我。”

“不想让你再扔一次。”

“有道理，”亚瑟承认道。“《指南》说什么？”

“什么？”

“《指南》说什么？”

“《指南》说飞行自有飞行的技法，”福特答道，“或者称之为诀窍更适合。诀窍在于学会怎么把自己扔向地面但又错过地面。”他有气无力地笑了笑，把裤子的膝盖部位指给亚瑟看，又抬起双臂露出手肘。膝盖和手肘部位都磨得烂穿了。

“到目前为止，我还没什么进展，”他说。他伸出一只手。“很高兴再次见到你，亚瑟，”他补充道。

亚瑟摇摇头，激动和困惑突然淹没了他。

“我有好几年没见过任何人了，”他说，“连个鬼影子也没有。我都快忘记怎么说话了。我不停忘记各种词语。要知道，我经常练习。我和那个什么练习说话，就是那个……那个什么来着……就是只要你跟它说话，其他人就会觉得你疯了的那种东西，叫什么来着？就像乔治三世。”

“国王？”福特猜测道。

“不，不对，”亚瑟说。“是他说话的对象[1]。老天在上，那种东西包围着我们。我自己就种了好几百。可惜都死了。树！我跟树练习说话。但那有什么意义呢？”

福特的手还伸在身前。亚瑟打量着那只手，不明所以。

“握手，”福特提醒他。

亚瑟和他握手，刚开始还很紧张，像是害怕福特的手会忽然变成一条鱼。他随即用两只手攥紧福特的手，胸口大石落地的感觉排山倒海而来。他握了又握，握了又握。

过了一会儿，福特发觉他不得不主动脱离接触。两人爬上附近一块露头岩，勘查周围的景色。

“戈尔加佛林查人呢？”福特问。

亚瑟耸耸肩。

“许多人没有熬过三年前那个冬天，”他说，“到了春天，活下来的那几个说他们需要休假，然后驾着木筏出发了。按照历史记载，他们肯定没有遇难……”

“哈，”福特说，“好，很好。”他叉着腰，再次环顾空荡荡的世界。福特身上忽然冒出了精神，仿佛有了目标。

“咱们动身吧，”他兴奋地说，精神抖擞得不时发颤。

“去哪儿？怎么去？”亚瑟说。

---

① 据说乔治三世曾在精神错乱的时候把一棵橡树当作普鲁士国王。——译者

“不知道，”福特说，“但我觉得时机到了。有什么事情即将发生。咱们这就上路。”

他压低声音，耳语起来。

“我探测到，”他说，“波流中有涡流。”

他目光炯炯地眺望远方，像是希望此刻恰好有风把头发戏剧性地吹向后方，但风忙着和不远处的叶子玩耍，没空搭理他。

亚瑟请福特再说一遍刚才的话，因为他没有明白福特的意思。福特重复了一遍。

“波流？”亚瑟问。

“时空流，”福特答道，正好有风短暂吹过，他连忙迎风龇牙咧嘴。

亚瑟点点头，然后清清喉咙。

“我们在谈论的，”他小心翼翼地问，“是不是什么沃贡洗衣机，或者别的什么东西？”

“漩涡，”福特说，“时空统一体上的漩涡。”

“啊，”亚瑟点点头，“是他？就是他[①]？”他把双手插进晨衣口袋，若有所知似的望向远方。

“什么？”福特说。

“呃，那个埃迪，”亚瑟说，“具体又是什么人呢？”

---

① 福特所说的“漩涡”原文为Eddies，亦是人名“埃迪”。——译者

福特气恼地看着他。

“你就不能好好听我说话吗？”他叫道。

“我一直在听啊，”亚瑟说，“但不确定是否有助于理解你的意思。”

福特揪住晨衣的领口，尽可能缓慢、清晰、耐心地说话，仿佛他是电话公司客服部门的员工。

“似乎……”他说，“有一些不稳定性的……”他说，“涡旋……”他说，“就在……”他说……

亚瑟傻乎乎地看着晨衣被福特抓住的地方。福特连忙说了下去，免得亚瑟把傻乎乎的表情兑换成傻乎乎的评述。

“……时空结构上，”他说。

“啊，那个啊，”亚瑟说。

“对，就是那个，”福特确认道。

他们孤零零地站在史前地球的山丘上，目不转睛地面面相觑。

“它干了什么呢？”亚瑟问。

“它，”福特说，“发展出了不稳定的涡旋。”

“是吗？”亚瑟的视线连一瞬间也没有动摇。

“是的，”福特的双眼不甘示弱，同样转也不转。

“很好，”亚瑟说。

“懂了？”福特问。

“没有，”亚瑟答道。

随之而来的是片刻宁静。

“这场对话难就难在，”思忖的神情慢慢爬上亚瑟的脸庞，恰似登山者正在攀爬一块难对付的露头岩，“它和近来进行的那些对话完全不同。我已经解释过了，我大部分的谈话对象都是树木。那些对话和这场对话很不相似。也许和榆树的对话除外，有时候和榆树说话也磕磕绊绊的。”

“亚瑟，”福特说。

“啊？什么？”亚瑟答道。

“反正我说什么你信什么就行了，剩下的都非常、非常容易。”

“唉，我不确定我能不能相信这一点。”

两人坐下去，各自整理思路。

福特掏出亚以太感应仪。感应仪正在发出模糊的嗡嗡声，上面有盏小灯闪着黯淡的光芒。

“电池快没了？”亚瑟说。

“不，”福特说，“时空结构上有个正在移动的涡流，一个时空漩涡，一个不稳定性的涡旋，就在我们附近某处。”

“哪儿？”

福特拿着仪器慢慢地画了个上下轻微起伏的半圆形。小灯陡然闪烁起来。

“那儿！”福特猛地伸出胳膊。“那儿，就在沙发背后！”

亚瑟看过去，大吃一惊：前方野地里真的出现了一张天鹅绒佩斯里覆面的切斯特菲尔德沙发。他投之以讶异的智慧目光，机敏的问题涌进脑海。

“野地里，”他问，“为什么会有一张沙发？”

“告诉过你了！”福特一跃而起。“时空统一体上的漩涡！”

“这就是埃迪的沙发，对吧？”亚瑟挣扎着也站了起来，尽管不是特别乐观，但他希望心智也能恢复正常。

“亚瑟！”福特对他喊道，“之所以会有沙发，都是因为时空不稳定性，我一直想让你那颗得了末期软化病的大脑搞清楚的就是这个。沙发被冲出了统一体，它是时空波流中的漂弃物，具体是什么不重要，重点是咱们必须赶上，那是离开这里的唯一出路！”

他跌跌撞撞地跑下那块露头岩，开始横穿底下的野地。

“赶上？”亚瑟嘟囔道，他发现那张切斯特菲尔德沙发一边在懒洋洋地上下浮动，一边在慢吞吞地飘过草地，他困惑地皱起了眉头。

他带着全然出乎意料的欣喜之情，欢呼着跳下山岩，投入狂热的追逐，冲向福特·大老爷和那件违背理性的家具。

两个男人疯疯癫癫地在草地上飞奔，跳跃、大笑，吆喝着指示对方把一张沙发往这边撵、往那边赶。草木摇曳，梦幻般的阳光洒落，小小的野生动物在他们背后拼命逃窜。

亚瑟觉得很高兴。终于有一天肯按照计划发展了，他快活得难以言喻。仅仅二十分钟之前，他才决定发疯，这会儿就在史前地球的野地里追逐一张切斯特菲尔德沙发了。

沙发往这个方向晃晃，又往那个方向荡荡；和几棵树木擦身而过的时候，显得和那些树木一样坚实，犹如鬼魂般飘飘忽忽穿过另外几棵树木的时候，又朦胧得仿佛一场滔滔长梦。

福特和亚瑟跟着沙发没命乱跑，但沙发却上蹿下跳、左摇右摆，像是走在什么基于复数模型计算出的地形上——事实也确实如此。但他们仍旧在追赶，沙发也仍旧不停舞动和旋转；忽然，沙发打个转，急跌直下，像是经过了灾难示意图的转折点，恰好钻到福特和亚瑟的身子底下。两人大喊一声，蹦起来跳上去，太阳一闪而逝，他们坠过让人恐惧的虚空，出乎意料地出现在伦敦圣约翰林劳德板球场[①]的赛场中央，一九八几年的澳大利亚系列锦标赛的最后一场即将结束，英格兰队只需二十八跑[②]就能获胜。

---

① 劳德板球场(Lord's Cricket Ground)：位于伦敦圣约翰林地区的板球场，命名来自其创立者托马斯·劳德(Thomas Lord)，被称为板球运动的故乡。——译者

② 跑(run)：板球运动中的得分基本单位。——译者

3

银河史大事记，第一(复制自《寰星每日记事》的《通俗银河史》)：

全宇宙最乏味的景色莫过于坂袭[①]行星的夜空。

① 原文为 Krikkit，与 cricket(板球)同音。——译者

4

这是劳德球场一个明媚而喜庆的日子，福特和亚瑟偶然跌出那个时空异常漩涡，重重地摔在完美无瑕的草皮上。

人群的掌声震耳欲聋。掌声并非为他们响起，但福特和亚瑟还是本能地鞠躬还礼——算他们走运，因为掌声的真正目标是一个沉重的红色小球，小球呼啸着从亚瑟头顶几厘米处飞过去。人群中有个男人倒下了。

福特和亚瑟趴回地上，地面似乎在绕着他们癫狂旋转。

“那是什么？”亚瑟挤出咝咝的声音说。

“红色的什么东西，”福特也咝咝地回答他。

“我们在哪儿？”

“呃，绿色的什么地方。”

“形状，”亚瑟嘟囔道。“告诉我形状。”

掌声迅速被吃惊的吸气声取代，还有几百个尚未决定是否该相信眼睛所见的人的尴尬傻笑。

“这是你们的沙发吗？”有个声音说。

“那又是什么？”福特悄声说。

亚瑟抬起眼睛。

“蓝色的什么东西，”他说。

“形状呢？”福特问。

亚瑟又看了一眼。

“形状，”他挤出咝咝的声音，眉头都要皱成一团了，“像个警察。”

他们继续趴了几秒钟，一起深深皱眉。状如警察的蓝色东西敲敲两人肩膀。

“起来，两位，”蓝色形状说，“跟我走一趟。”

这几个字让亚瑟如遭雷击。他跳了起来，样子堪比作家听见电话铃响，随即朝四周射出一连串惊讶的目光，附近的一切映入心底，忽然变成了普通得让他害怕的景象。

“这东西是从哪儿弄来的？”他对状如警察的蓝色东西喊道。

“你在说什么？”那东西惊讶道。

“这是劳德板球场，对吧？”亚瑟喝道。“你是从哪儿找到的，又是怎么搬来的？我想，”他用手按住额头，“我需要冷静一下。”说完猛地在福特面前蹲下。

“那是个警察，”他说，“咱们怎么办？”

福特耸耸肩。

“你希望怎么办？”他问。

“我希望你能告诉我，”亚瑟说，“过去五年来我一直在做梦。”

福特又耸耸肩，服从了他的请求。

“过去五年来你一直在做梦，”他说。

亚瑟站起身。

“没事了，长官，”他说。“过去五年来我一直在做梦。问他就行，”他指着福特补充道，“他也在梦里。”

说完这句，他从容不迫地走向赛场边缘，一边走一边拍打晨衣。等他注意到晨衣究竟有多破烂，又停了下来。他盯着晨衣看了一会儿，然后扑向警察。

“这身衣服是打哪儿弄来的？”他嚎叫道。

他瘫倒在草地上抽搐不已。

福特摇摇头。

“过去这两百万年他过得很糟，”他对警察说，两人合力把亚瑟抬上沙发，然后搬着沙发离开赛场，中间短暂地遇到了障碍，因为沙发半路上忽然消失了。

人群对这一幕的反应各自不同，五花八门。大多数人没法相信真的见到了这些，转而收听电台转播去了。

“好吧，布莱恩，多么有意思的一桩意外啊，”一位比赛解说员对另一位说。“我不记得还有谁神秘地凭空出现在球场上，除了，哦，除了——我觉得恐怕从来没有过……你说呢，有过吗？”

“一九三二年艾吉巴斯顿球场？”

“呃，那时候发生了什么……”

“嗯，彼得，我记得当时是坎特对威尔考克斯，轮到威尔考克斯从贵宾席[①]一侧投球，这时候有个观众忽然横穿球场跑了过去。”

前一位解说员琢磨着他的话，停顿片刻。

“很……好……”他说，“很好，但这事并没什么神秘的，不是吗？他没有凭空出现在那里，对吧？只是跑了过去。”

“的确如此，但他声称见到有什么东西凭空出现在了球场上。”

“啊，是吗？”

“是的。按照他的描述，我想，凭空出现的是条鳄鱼。”

“啊哈。没有别人注意到吗？”

“显然没有。也没有任何人能从他嘴里问出非常详细的描述，因此只马马虎虎搜索一遍就算了。”

“那人后来怎么了？”

---

① 板球场按传统有专供贵宾观看比赛的看台，称为 pavilion。——译者

“呃，我记得有谁主动带他下去，请他吃午餐，但他说他已经吃过了，还吃得很不错呢，这件事就此不了了之，最后沃里克郡以三个三柱门的优势赢下比赛。”

“这么说，今天的情况还真是不太一样。如果听众才调到我们的频道，也许有兴趣知道……呃……有两位先生，两位衣衫褴褛的先生和一张货真价实的沙发——切斯特菲尔德沙发，我没看错吧？”

“是的，一张切斯特菲尔德沙发。”

“刚刚凭空出现在了劳德板球场的正中央。但我不认为他们有什么恶意，他们的举止始终非常友好，而且……”

“不好意思，彼得，能打断一下吗？我想说，沙发刚刚消失了。”

“确实如此。好吧，神秘之处少了一点。不过，我觉得这件事仍能载入史册，特别是它发生在比赛中这个决定性的时刻，英格兰队只需要二十四跑就可以赢下这场系列赛。那两位先生正在警官的陪同下离开赛场，我想大家都已经安顿下来，比赛即将继续。”

“现在，先生，”警官带着他们穿过好奇的人群，把亚瑟了无生气的躯体放在一张毯子上，然后说，“也许你能跟我说说你是谁和从哪儿来，还有刚才那场闹剧到底是搞什么名堂？”

福特朝场地看了一小会儿，仿佛在镇定心神，准备面对什么事情；接着，他直起身，把视线投向警察，眼神中蕴含的力量包括了从地球到福特在参宿四附近的家园那六百光年的每一英寸距离。

“好吧，”福特答得很平静，“我这就告诉你。”

“呃，好吧，其实没这个必要，”警官急匆匆地说，“千万别让这种事再发生就行。”警官转过身，赶忙走开，前去寻找并非来自参宿四的任何人。他运气不错，运动场里到处都是这样的人。

亚瑟的意识像是从无尽远方接近了他的躯体，而且还很不情愿。意识在躯体里有过一些非常不愉快的时光。它慢吞吞、紧张兮兮地进入躯体，落回熟悉的位置。

亚瑟坐了起来。

“我在哪儿？”他问。

“劳德板球场，”福特说。

“很好，”亚瑟说，意识再次跨出躯体，去外面歇两口气。躯体扑通一声躺倒在草地上。

十分钟后，卖快餐的帐篷里，亚瑟捧着一杯茶，血色渐渐爬回憔悴的面庞。

“感觉怎么样？”福特问。

“回家了，”亚瑟嗓音嘶哑。他闭上眼睛，贪婪地呼吸茶杯冒上来的蒸汽，觉得这杯茶简直是——好吧，就亚瑟而言，觉得它简直就是一杯茶，事实也确实如此。

“我回家了，”他重复道，“家。英格兰，今天，噩梦结束了。”他再次睁开眼睛，露出恬静的笑容。“我所属于的地方，”他动情地低声说。

“有两件事情我觉得我应该告诉你，”福特说着把一份《卫报》隔着桌子扔到亚瑟面前。

“我回家了，”亚瑟说。

“是的，”福特说。“第一，”他指着报纸上的日期说，“地球将在两天后被摧毁。”

“我回家了，”亚瑟说。“茶，”他说，“板球，”他愉快地补充道，“割过的草坪，木头长椅，白色亚麻夹克衫，啤酒罐……”

他的注意力慢慢地集中在报纸上，微微皱起眉头，把脑袋歪向一侧。

“我读过这张报纸，”他说。他的视线慢慢移向日期，福特有一下没一下敲打着那个地方。他的面容凝固了一两秒钟，然后耍起了北极浮冰遇到春天那种壮观而缓慢的崩溃把戏。

“第二，”福特说，“你的胡子里好像有根骨头。”他一仰脖，喝光了自己那杯茶。

快餐帐篷外面，灿烂阳光洒在欢乐的人群上，洒在白帽子和红脸膛上，洒在冰棒上并融化了冰棒，洒在手中冰棒融化掉落地面的孩童的泪水上。阳光洒在树木上，照得飞旋的板球拍熠熠生辉，让停在白屏[①]背后那个似乎谁也没注意到的异常物体闪闪发亮。福特和亚瑟走出快餐帐篷，一束束阳光打在他们身上，两人眨着眼睛扫视周围的景象。

亚瑟在颤抖。

“也许，”他说，“我应该……”

“别，”福特斩钉截铁地说。

“别什么？”亚瑟说。

“别打电话回家找自己。”

“你怎么知道……？”

福特耸耸肩。

“为什么不行呢？”亚瑟问。

“在电话上和自己说话的人，”福特说，“从来都得不到半点好处。”

“可是……”

“看，”福特拿起想象中的电话，拨了个想象中的号码。

“哈啰？”他对想象中的听筒说。“请问是亚瑟·邓特吗？啊，哈啰，你好。我是亚瑟·邓特。别挂电话。”

他失望地看着想象中的听筒。

“居然挂我电话，”他说，耸耸肩，干净利落地把想象中

① 白屏(sight screen)：板球场上，为击球员看清球而设于球场两端可移动的白色屏幕。——译者

的电话放回想象中的挂钩上。

“这不是我第一次遇到时空异常，”他补充道。

亚瑟·邓特本已阴沉的脸色被更加阴沉的脸色取而代之。

“这么说，咱们还没干净到家[①]啊，”他说。

“别说干净了，”福特答道，“咱们都还没进家门，拿毛巾开始拼命把自己擦干净呢。”

比赛继续进行。投手先是快走继而小跑最后狂奔接近仨柱门。他忽然间化成胳膊和腿的一片模糊影子，从中飞出一个球。击球手挥拍，把球打向后方的白屏。福特的视线追着抛物线望过去，踌躇片刻。他顿时浑身僵硬。他再次跟着球的飞行轨迹望过去，双眼又是一阵抽搐。

“这不是我的毛巾，”亚瑟正在乱翻兔子皮的口袋。

“嘘——”福特说。他集中注意力，拼命聚焦眼神。

“我有一条戈尔加佛林查慢跑毛巾，”亚瑟说，“蓝色的，上面有黄色星星。这条不是我的。”

“嘘——”福特又说。他遮住一只眼睛，用另外一只眼睛使劲看。

“这条是粉色的，”亚瑟说，“这是你的毛巾，对吧？”

“请你闭上嘴巴，别再唠叨你的毛巾了，”福特说。

“这不是我的毛巾，”亚瑟坚持道，“我想说明白的就是

① 干净到家（home and dry）：英国俚语，指顺利结束、大功告成。——译者

这一点……”

“我希望你能闭嘴的时间呢？”福特低吼道，“就是现在！”

“好吧，”亚瑟说着把毛巾塞回马马虎虎缝起来的兔皮口袋里。“我明白，和宇宙尺度的事情相比，这个问题大概没什么重要的；只是很奇怪，仅此而已。原来那条带黄星的蓝色毛巾忽然成了粉红色的。”

福特的举止变得相当异常，更确切地说，并不完全异常，而是表现出与他平时各种异常方式迥然不同的另一种异常方式。他是这样做的：不顾种种异行引来的困惑目光，在面前用突兀的动作挥舞双手，跑到几个人背后蹲下躲起来，又到另几个人背后猛地跳起，然后动也不动地站着，没完没了眨眼。过了一会儿，他开始轻手轻脚地慢慢前进，暗地里装出一副聚精会神、苦思冥想的皱眉表情，像是美洲豹不确定隔着半英里干热平原看见的东西会不会只是半罐猫食。

“而且这也不是我的口袋，”亚瑟忽然说。

福特聚精会神的入定状态忽然被打破了。他怒气冲冲地转身面对亚瑟。

“我没有在说我的毛巾，”亚瑟说。“我们已经确定了，那不是我的毛巾。但还有一点，我正在放毛巾的口袋也不是我的口袋，尽管两者极其相似。就个人而言，我觉得这件事非常蹊跷，特别是那个口袋是我在史前地球亲手做的。这些也不是我的石头，”他补充道，从口袋里掏出几块扁平的灰色石子。“我一直在搜集有趣的石头，这几块显然都很无聊。”

人群中响起兴奋的欢呼声，淹没了福特对这一丁点儿消息的反馈。激起欢呼的板球从天空落下，不偏不倚地落进亚瑟那个神秘的兔皮口袋。

“现在，我必须说，这又是一件非常古怪的事情了，”亚瑟说着飞快合上口袋，假装在地上寻找板球。

“好像不在那儿，”他对马上聚拢过来寻找板球的几个小男孩说，“估计滚到别处去了。应该是那个方向。”他胡乱指了个方向，希望孩子们能往那边跑。有个小男孩抬起头，对他投来疑惑的目光。

“你没事吧？”那男孩说。

“没事，”亚瑟说。

“那你的胡子里为啥有块骨头？”那男孩说。

“我在训练这块骨头，想教它不管被我放在哪儿都能高高兴兴的。”亚瑟很骄傲自己能说出这么一句话。他想，这正是能娱乐和激励年轻人心智的那种话。

“哦，”小男孩说，他歪着脑袋思考了一会儿。“你叫什么。”

“邓特，”亚瑟说，“亚瑟·邓特。”

“你是个混蛋，”小男孩说，“彻头彻尾的王八羔子。”男孩的视线越过亚瑟，落在别的什么地方，告诉亚瑟他并不特别急于逃跑，然后边挠鼻子边溜溜达达地走开了。亚瑟忽然记起地球在两天后将被再次摧毁，这次他却没有太多不好的感觉了。

比赛换了新球继续进行，阳光继续洒落，福特继续上下蹦跳、摇头眨眼。

“你脑子里有什么想法吗？”亚瑟问。

“我想，”亚瑟现在已经能识别出了，福特此刻的语调预示着什么难以理解的话，“那边有个别问。”

他指给亚瑟看。非常有意思的是，他指的方向并不是他在看的方向。亚瑟朝他指的方向望过去，那里正对白屏，又朝他看的方向望过去，那里是比赛场。他点点头，他耸耸肩。他又耸耸肩。

“有个什么？”他问。

“有个别问。”

“有个别什么？”

“别问。”

“那是什么？”

“别人的问题①。”

“哦，很好，”亚瑟说，放松下来。他根本不知道那是什么，但感觉起来已经跟他没关系了——可惜事实并非如此。

---

① 原文为 Somebody Else's Problem，缩写 SEP。——译者

“就在那儿，”福特继续手指白屏眼看比赛场。

“哪儿？”亚瑟说。

“那儿！”福特说。

“我明白了[①]，”亚瑟说，其实不然。

“你看见了？”福特说。

“什么？”亚瑟说。

“你能看见，”福特耐心地说，“那个别问？”

“你不是说那是别人的问题吗？”

“没错。”

亚瑟点点头，动作缓慢而谨慎，还带着一丝无比愚蠢的气质。

“而我想知道的是，”福特说，“你是不是能看见它。”

“你能吗？”

“能。”

“那东西，”亚瑟说，“应该是什么样子？”

“天哪，你白痴啊，我怎么知道？”福特喊道。“如果你能看见，请告诉我。”

亚瑟又体验到了太阳穴背后那种发钝的抽痛感，经过和福特那么多次的对话之后，这已经成了标志性的特点。他的大脑像是在狗窝里受了惊吓的小狗一般乱窜。福特抓住他的胳膊。

---

① See 既有“明白”的意思，也有“看见”的意思。——译者

“所谓别问，”他说，“就是我们无法看见、或者视而不见、或者大脑不让我们看见的东西，因为我们认为那是别人的问题。这正是别问的含义。别人的问题。大脑把它过滤掉了，就像个视觉盲点。除非你确切知道那是什么，否则摆在眼前也看不见。你唯一的希望是用眼角余光意外捕捉到它。”

“啊，”亚瑟说，“所以你才……”

“是的，”福特已经知道了亚瑟打算说什么。

“……一直在上蹿……”

“是的。”

“……下跳，还眨眼睛……”

“是的。”

“……还……”

“我觉得你已经明白了我的意思。”

“我能看见啊，”亚瑟说，“是艘太空船。”

这句话激起的反应吓得亚瑟一时间动弹不得。人群爆发出阵阵咆哮，各个方向都有人在奔跑、喊叫、嘶吼、互相磕绊，乱哄哄闹成了一锅粥。他震惊得踉跄后退，惊恐地扫视周围。接着，他在更上一层楼的震惊中再次扫视周围。

“激动人心，对吧？”有个鬼影子说。鬼影子在亚瑟眼前摇曳不定，虽说事实多半是亚瑟的眼睛在鬼影子面前摇曳不定，他的嘴唇也同样摇曳不定。

“我……我……我……我……”他的嘴巴说。

“我想你的队伍刚刚获胜了，”鬼影子说。

“我……我……我……我……”亚瑟重复道，他每摇晃一次，手指就戳一下福特·大老爷的后背。福特战战兢兢地望着球场的骚乱。

“你是英国人，对吧？”鬼影子说。

“我……我……我……我……是的，”亚瑟说。

“那就好，你的队伍，正如我所说，刚刚获胜了。赢了这场比赛。意味着他们卫冕灰烬杯成功。你一定非常高兴吧。必须承认，我相当喜欢板球，尽管不喜欢这颗星球之外的人听见我这么说——喔，天哪，绝对不能被别人听见！”

鬼影子露出一个看似淘气坏笑的表情，但很难说清到底是不是，因为太阳就位于他的正背后，在脑袋四周营造出炫目的光环，照亮了银色须发，让他显得十分可敬而辉煌，很难和淘气坏笑联系在一起。

“不过，”他说，“再过几天就全结束了，对吧？尽管上次和你见面的时候，我说过我非常惋惜。然而，必将发生的事情，终究还是会发生。”

亚瑟想说话，但最终还是放弃了不可能成功的挣扎。他又戳戳福特。

“我觉得肯定发生了什么可怕的事情，”福特说，“但似乎只是比赛结束了啊。咱们该走了。哦，哈啰，银辟法斯特，你在这儿干什么？”

“哦，混日子，混日子而已，”老人庄重地说。

“那是你的飞船吗？能搭我们一程吗？随便去哪儿都行。”

“耐心，要有耐心，”老人责备道。

“好吧，”福特说。“只是这颗星球马上就要被摧毁了。”

“我知道，”银辟法斯特说。

“呃，好吧，我只是想提醒你注意这一点而已，”福特说。

“收到你的提醒了。”

“如果你这会儿真还想在板球场附近晃悠……”

“的确想。”

“这么说，那是你的飞船。”

“是的。”

“我想也是。”说着说着，福特猛地转过身去。

“哈啰，银辟法斯特，”亚瑟终于开了口。

“哈啰，地球人，”银辟法斯特说。

“反正，”福特说，“我们也只能死一次。”

老人没有搭话，而是直勾勾地瞪着赛场，眼睛里跃动的情绪和场地里正在发生的事情似乎没有半点关系。场地里发生的事情是：人群绕着赛场中心围成了一个大圈；而银辟法斯特从中看出了什么，那就只有他自己清楚了。

福特在哼什么小调，但只是断断续续重复着一个音符。他希望有谁能问他在哼什么，但谁也不肯问他。如果有谁问，他会说他在一遍又一遍地哼唱诺埃尔·科沃德[1]的歌曲《为那男孩疯狂》的头一句。听见的人应该向他指出，他只唱了一个音符，而他会答道，出于一些想必众所周知的原因，他删除了“为那男孩”这几个字。可惜谁也不问他，福特很是恼火。

“只不过，”他终于爆发了，“如果咱们不马上离开，就会再次陷入那桩烂事当中。没有什么比眼看一颗行星遭到毁灭更让我情绪低落的了，遭到毁灭时我还在那颗星球上除外。或者，”他低声补充道，“在板球赛场附近逗留。”

“耐心，”银辟法斯特重复道。“马上要出大事了。”

“上次见面你也这么说，”亚瑟说。

“是真的，”银辟法斯特说。

“是啊，确实如此，”亚瑟承认道。

然而，马上要发生的似乎只是什么庆祝仪式。主办方专门为电视转播搭建了庆功台，却没怎么考虑现场观众；从福特、亚瑟和银辟法斯特站立的地方，唯有通过附近的收音机才能了解到正在发生什么。福特缺乏兴趣到了盛气凌人的地步。

听见收音机里说灰烬杯即将在赛场中被交给英格兰队的队

---

① 诺埃尔·科沃德爵士(Sir Noël Coward，1899—1973)：英国演员、剧作家、流行音乐作曲家。《为那男孩疯狂》写于 1932 年，歌中的“男孩”是好莱坞著名影星加里·格兰特(Gary Grant)。——译者

长，福特开始焦躁不安；听见这是因为他们第多少次赢了锦标赛，他变得暴跳如雷；得知灰烬杯实际上是三门柱中一柱的残骸，他恼怒得狂吼不已；待到听见主持人居然请他想想如下事实——所说的这截木桩是1882年在澳洲墨尔本被焚毁的，为了彰示“英国板球的死亡”——他猛地转身面对银辟法斯特，深吸一口气，却没有捞到说话的机会，因为老人已经不在原处了。银辟法斯特大踏步地走上球场，步态、头发、胡子和背后飘飞的长袍都透着强烈的自信，怎么看怎么像摩西，但前提是西奈山并非世人通常认为的喷吐浓烟的山峰，而是一片修剪得整整齐齐的草坪。

“他说去飞船等他，”亚瑟说。

“扎昆操的乖乖儿子啊，那老傻瓜在干什么？”福特怒喝道。

“两分钟后去飞船等他，”亚瑟耸耸肩，表示完全放弃了思考。他们迈步走向飞船。奇怪的声音传入耳中。他们努力不去听，但忍不住还是注意到银辟法斯特正在火冒三丈地要求别人把装着灰烬杯的银壶递给他，老先生说这东西“对银河过去、现在和未来的安全至关重要”，他的话引得大家笑了个前仰后合。他们下定决心忽视这件事。

但接下来却发生了他们无法忽视的事情。随着十万人齐声大喊“呜噗”的巨响，一艘闪着冰冷亮光的白色飞船忽然在板球场正上方出现，像是凭空把自己制造了出来，然后带着无穷无尽的恶意和轻微的嗡嗡声悬在了半空中。

接着，飞船有一小会儿什么也没有做，仿佛希望所有人继续该干什么就干什么，别去理会头顶上悬着什么。

接着，飞船做了一件极其特殊的事情。更确切地说，飞船打开了，让一些非常特殊的东西掉了出来——十一个非常特殊的东西。

机器人，白色机器人。

这些机器人身上最特殊的地方在于，他们都为这个场合盛装打扮。不仅因为它们都通体白色[①]，更是因为他们都拿着看似板球拍的东西，这还不算什么，他们也带着看似板球的东西，甚至连双腿下半截都没忘记戴上白色护胫。最后这部分之所以特殊，是因为护胫里似乎装有喷射器，能帮助这些装扮古怪的机器人飞下盘旋半空的飞船，开始屠杀人群——而这正是它们此刻正在做的事情。

“喂，”亚瑟说，“似乎出事了。”

“上飞船，”福特喊道。“我不想知道，我不想看到，我不想听见，”他边跑边喊，“这不是我的星球，我没有选择要待在这里，我不想卷入任何事情，让我离开这儿就行，带我去参加派对，去找跟我有来往的那些人！”

赛场上烟雾腾腾，火光熊熊。

① 板球锦标赛的标准衣着是白色。——译者

“不错啊，超自然现象今天成群结队而来……”收音机自顾自地胡说八道。

“我只想要，”福特喊道，像是要澄清前面说的话，“一杯够劲的酒，和一群相称的朋友。”他继续奔跑，中间只停下了一次，抓住亚瑟的胳膊，拽着亚瑟和他一起奔跑。亚瑟再次陷入他在危急关头通常扮演的角色，也就是傻站在那里，下巴松垮垮地大张着，任凭所有一切淹没自己。

“他们在打板球，”亚瑟一边嘟囔，一边跟着福特跌跌撞撞地奔跑。“我敢发誓，他们在打板球。不知道他们为啥这么做，但他们确实正在这么做。他们不止在杀人，还把人们炸上天，”他喊道，“福特，他们在把我们炸上天！”

在过去的旅程中，亚瑟零敲碎打地搞清楚了银河历史的部分内容，你所知道的若是不比他多上很多，恐怕很难不去相信这件事情。你能看见那些犹如幽魂但凶恶非凡的影子在浓烟中移动，一气呵成的怪异动作像是在模仿大力挥拍，区别在于他们击出的每个球无论落在哪里都会立刻爆炸。这些球里的第一个驱散了亚瑟的最初反应，他原以为这整件事情只是澳大利亚人造黄油制造商的宣传表演。

这时候，事情忽然结束了，结束和开始一样突兀。十一个白色机器人以整齐的队形开始上升，穿过翻腾的烟雾，伴着最后几簇火光，钻进了仍在上空盘旋的白色飞船腹部；飞船发出十万人齐声说“呜噗”的声音，消失在了它“呜噗”一声出现的半空中。

接下来有那么一小会儿，可怖的寂静笼罩了震惊的人群，烟雾仍在飘荡，其中浮现出一个人影，那是面色苍白的银辟法斯特，他的模样更像摩西了，因为尽管山峰未能及时赶到，但此刻他至少在大步走过一片喷吐浓烟的修建得整整齐齐的草坪。

他的眼神狂乱地四处扫视，终于找到了匆忙奔跑的亚瑟·邓特和福特·大老爷，两人挤在朝相反方向狂拥的惊恐人潮里，正忙着奋勇搏击。人群显然暗自下了判断，今天正在变成一个非同寻常的日子，但还不特别清楚正在朝哪个方向(假如真有什么确切方向的话)变化。

银辟法斯特对福特和亚瑟急切地猛打手势，大喊大叫。三个人渐渐在他的飞船前会合，那艘飞船还停在白屏背后，狂乱的人群在经过飞船时显然依然没有注意到它，他们此时此刻大概都有足够的问题需要应付吧。

“他们起子了黑基呸！”银辟法斯特用他虚弱颤抖的声音喊道。

“他说什么？”福特一边用手肘分开人群，一边气喘吁吁地说。

亚瑟摇摇头。

“他们……啥啥了啥啥啥，”他说。

“他们掐总了呼就呸！”银辟法斯特又喊道。

福特和亚瑟相视摇头。

“听起来很紧急，”亚瑟说。他停下脚步，喊了起来。“什么？”

“他们起走了飞烬杯！”银辟法斯特喊道，他还在对福特和亚瑟不停挥手。

“他说，”亚瑟说，“他们抢走了灰烬杯。我觉得他是这么说的。”两人继续奔跑。

“什么杯？”福特问。

“灰烬杯，”亚瑟飞快答道。“板球三门柱之一烧剩下的桩子。它是比赛锦标。它……”他气喘吁吁，“显然……是……他们……来抢的……东西。”他微微摇头，像是想叫大脑在头壳里安生点儿。

“真是奇怪，居然要跟我们说这个，”福特打断了亚瑟的话。

“真是奇怪，居然要抢那东西。”

“真是奇怪的飞船啊。”

他们跑到了飞船前。这艘飞船的第二稀奇之处是“别人的问题”场运行时的样子。福特和亚瑟现在能看清飞船，只是因为他们知道飞船就在这里。然而，其他人显然都看不到。这并不是因为飞船真的隐形了，或者是发生了类似的超级不可能的事情。想让任何东西隐形，所牵涉的技术复杂得难以想象，以至于十亿种情形中有九亿九千九百九十九万九千九百九十九种还不如干脆把那东西拿走更加简单和高效。

乌戈的艾弗拉法科斯，超级著名的科学魔法师，曾经拿性命跟别人打赌：给他一年时间，他能让超级大山玛格拉茂彻底隐形。他把这一年的大部分时间耗在了最顶尖的勒克斯真空管、折射抵消器和光谱旁路仪上，却在还剩九个钟头的时候意识到他无法完成任务。

就这样，他和他的朋友、他朋友的朋友、他朋友的朋友的朋友、他朋友的朋友的朋友的朋友，还有几个不怎么朋友但凑巧拥有一家大型星际运输公司的朋友，投入了现在被认为是史上最艰难的一夜辛劳，结果嘛，到了第二天，玛格拉茂还真的不见了踪影。艾弗拉法科斯输掉了赌局，因此也丢了性命，这只是因为有个迂腐的裁判官注意到：第一，绕着玛格拉茂应该存在的区域行走时，他既没绊跤，也没在任何东西上撞破鼻子；第二，天上多了一个模样可疑的卫星。

“别人的问题”场则更加简单和高效，更何况单靠一节手电筒电池运转的时间就能超过一百年。这是因为它依赖于人们的天生秉性，也就是看不见不想看见、不期待看见和不能解释的东西。如果艾弗拉法科斯把大山漆成粉色，再给它弄上一个便宜又简单的“别人的问题”场，人们就会径直经过、绕过甚至爬过大山，但就是注意不到那儿还有一座山。

这正是银辟法斯特的飞船遇到的情形。飞船并非粉色，但即便真是粉色，那也只是它诸多视觉问题中排在最后的一个，人们反正还是会视若无睹。

这艘飞船最稀奇的地方在于，其模样只有一部分像是带导流翼、火箭发动机和逃生口以及诸如此类东西的飞船，还有很大一部分像个上下颠倒的意大利小酒馆。

福特和亚瑟怀着惊奇抬头盯着它，感性受到了深深的冒犯。

“是的，我知道，”银辟法斯特这时也急匆匆地赶到，上气不接下气，焦躁不安，“但这是有原因的。快，咱们必须动身了。古老的噩梦再次降临。必死的命运挑战你我。吾等须得立即出发。”

“带我去个阳光灿烂的地方，”福特说。

福特和亚瑟跟着银辟法斯特钻进飞船，所见所闻弄得两人不知所措，完全没有注意到外面接下来发生了什么。

一艘飞船，另外一艘飞船，一艘修长的银色飞船徐徐降落在赛场上，悄无声息，不慌不忙，修长的起落架轻轻放下，犹如一段舒缓的科技芭蕾。

飞船盈盈落地。飞船伸出短短的舷梯。一个高挑的灰绿色人影精神抖擞地大步走下舷梯，走近聚在赛场中央的一小撮人，他们正在照料刚才那场怪异血案中的伤员。人影用平静而自不待言的权威气势让人们分开，最后来到躺在血泊里的男人面前，那血泊让人一看就会断绝希望，地球医药显然已经救不回这名伤员了，他拼命喘息，咳出最后几口气。人影在他身边静静跪下。

“亚瑟·菲利普·迪奥达特？”人影问。

伤员的眼中透出惊恐和困惑，微弱地点点头。

“你是个没用的废物点心，”来者悄声说。“我认为你在辞世前有必要知道这一点。”

5

银河史大事记，之二：

（复制自《寰星每日记事》的《通俗银河史》）

自从这个星系创始以来，庞大的文明起起落落、落落起起、起起落落，频繁得让人不得不认为银河系的生命必定：

第一，是类似于晕船、晕空间、晕时间、晕历史或此类物事的东西，以及

第二，很愚蠢。

6

在亚瑟看来，整个天空似乎忽然站到了一旁，让他们随便通过。

在他看来，他大脑的原子和宇宙的原子像是来了个对穿。

在他看来，他被宇宙之风吹拂，而风就是他自己。

在他看来，他是宇宙的诸多念头之一，而宇宙也是他的一个念头。

在劳德板球场里的那些人看来，北伦敦又有一家饭馆来了又去，北伦敦常有这种事，反正那是别人的问题。

“发生什么了？”亚瑟带着可观的敬畏感低声说。

“我们起飞了，”银辟法斯特答道。

亚瑟躺在加速躺椅上，惊吓得动弹不得。他不确定是因为晕空间还是宗教体验。

"动力不错，"银辟法斯特的飞船虽然让福特叹为观止，但他还想尽量掩饰，可惜不太成功，"就是装潢不太上档次。"

有那么一会儿，老人没有答话。他盯着仪器的神态让福特和亚瑟想起眼看房子快被烧塌却还在脑子里把华氏度换算成摄氏度的人。接着，他舒展眉头，盯着面前的全景宽屏幕看了几秒钟，屏幕上显示着四周犹如银线般流过的星辰，图案错综复杂，让人摸不着头脑。

他的嘴唇翕动片刻，像在尝试着拼写什么词语。他忽然警觉地望向仪器，但表情只是化成了持久不变的蹙眉沉思。他的视线回到屏幕上。他摸摸自己的脉搏。他的眉头皱得更紧了，过了一会儿，他放松下来。

"试图理解数学是个错误，"他说，"数学只能让我忧心。你说什么？"

"装潢，"福特说。"不太上档次。"

"在意识和宇宙的本质核心深处，"银辟法斯特说，"这是有原因的。"

福特用尖锐的眼神扫视一圈。他显然认为银辟法斯特的世界观过于乐观了。

驾驶舱内部是黑绿色、黑红色和黑棕色，空间狭窄，打着抑郁的灯光。说也奇怪，飞船与意大利小酒馆的相似度居然还不止于舱口。一小团一小团的灯光照亮了盆栽、釉面瓷砖和各种不知名堂的黄铜玩意儿。

酒椰叶包裹的瓶子阴森森地潜伏在暗影之中。

占据了银辟法斯特的注意力的仪器像是嵌在瓶底上，而酒瓶则插在水泥里。

福特伸手摸了摸。

假水泥。塑料。插在假水泥里的假酒瓶。

意识和宇宙的本质核心可以滚远点儿了，他心想，这简直是垃圾。然而，另一方面却也无法否认，和这艘船飞行的雄姿相比，“黄金之心号”简直是辆电动婴儿车。

他跳下躺椅，拍打干净身子，看看正在对自己悄悄唱歌的亚瑟，看看显示屏——什么也没认出来，然后把视线投向银辟法斯特。

“我们这会儿走了多远？”他问。

“大约……”银辟法斯特说，“银盘直径的三分之二吧，我想，差不多。没错，大约三分之二，我想。”

“真奇怪，”亚瑟静静地说，“一个人在宇宙中走得越是远、越是快，他的位置就越显得无关紧要，心中就越是充满了深刻的——或者更确切地说，是散尽了深刻的……”

“是啊，真奇怪，”福特说。“我们这是往哪儿去？”

“我们这是要去，”银辟法斯特说，“挑战宇宙的古老噩梦。”

“你打算在哪儿让我们下船？”

“我需要你们的帮助。”

“难。我说，能不能送我们去个能寻欢作乐的地方？我正在琢磨具体是哪儿，能让我们喝个酩酊大醉，听点儿极度邪恶的音乐。稍等，容我查一下。”他掏出那册《银河系搭车客指南》，循着索引开始翻看主要和性爱、毒品以及摇滚乐有关的那些部分。

“时间的迷雾中升起了一个诅咒，”银辟法斯特说。

“很好，早就猜到了，”福特说。“喂，”某个参考条目让他忽然眼前一亮，“古怪子·加隆比兹，见过那姑娘吗？色情座六号星来的三乳妓女。有人说她的性感带始于真实躯体约莫四英里之外。我不同意，应该是五英里。”

“这个诅咒，”银辟法斯特说，“会用烈火和毁灭吞没银河系，也许还会让宇宙提前迎来末日。我是说真的，”他补充道。

“听着像是流年不利，”福特说，“要是运气肯帮忙，我非得喝个烂醉，最好醉得注意不到这种事。这里，”他用手指一戳《指南》屏幕，“似乎是个足够邪恶的好去处，我想咱们就该去那儿。亚瑟，你说怎么样？别跟自己唠唠叨叨了，集中精神。有很多重要的东西你没听见。”

亚瑟从躺椅上撑起身子，摇摇头。

“咱们这是往哪儿去？”他说。

“挑战古老的噩——”

“闭嘴吧，”福特问，“亚瑟，咱们要去银河系寻欢作乐。能想出什么好主意吗？”

“银辟法斯特为什么那么焦虑？”亚瑟问。

“没什么，”福特答道。

“末日，”银辟法斯特说。“过来，”他忽然有了莫大的权威感，“我必须给你们看些东西。”

他走向不知为何安装在驾驶舱中央的绿色铸铁螺旋楼梯，爬了上去。亚瑟皱着眉头紧随其后。

福特郁闷地把《指南》扔回小背包里。

“医生说我的公众责任腺畸形，而且天生缺乏道德纤维，”他自言自语道，“因此拯救宇宙就没我什么事了。”

尽管如此，他还是踩着沉重的步点跟了上去。

他们在楼上见到的东西蠢不可及，至少看似如此，福特摇摇头，用双手掩住脸，靠着一盆植物瘫软下去，花盆在墙上撞得粉碎。

“中央计算区，”银辟法斯特泰然道，“此处的每次运算都在各种方面影响这艘飞船。是的，我知道看起来是什么样子，但实际上这是一系列高度复杂的数学函数的复空间四维拓扑映射图。”

“看起来像个笑话，”亚瑟说。

“我知道看起来像什么，”银辟法斯特说着走了进去。就在这时候，亚瑟的脑海中忽然闪过一个模糊的念头，但他拒绝承认它的真实性。宇宙不可能是这么运转的，他想，绝对不可能。他对自己说，这荒谬得就好像……他截断了那条思路。许多他原以为荒谬的事情都已经发生过了。

这正是其中之一。

这是个巨大的玻璃笼子，或者匣子——其实，是个房间。

房间里有张桌子，一张孤零零的桌子。周围摆放了十二把曲木椅子。桌上有一张桌布——肮脏不堪，红白色棋盘格，时常被烟头灼烫，因而留下了斑斑痕迹，每处烫痕都位于一个经过精确数学计算的地方。

桌布上摆着些吃掉一半的意大利餐食，四周围着吃掉一半的面包棍和喝剩一半的葡萄酒酒杯，有几个机器人正在没精打采地摆弄这些东西。

这完全是个拟真场景。一名机器人侍者、一位机器人酒侍和一位机器人领班正在招待几位机器人顾客。家具是拟真的，桌布是拟真的，每一小块食物显然都能展示出它——比方说，一份 *pollo sorpreso*①——所拥有的各种力学特征，但不必真的是那玩意儿。

所有东西都是一场小小舞蹈的参与者，这个复杂的舞蹈程序牵涉对菜单、账本、钱包、支票簿、信用卡、手表、铅笔和

① 意大利文：受惊的小鸡。据说是一种无骨炸鸡的做法，类似于基辅鸡。——译者

纸巾的各种操纵手段，看起来永远处于诉诸暴力的边缘，但哪儿都没有真的爆发冲突。

银辟法斯特快步走进这里，似乎和领班非常随意地闲聊了几句，而一名机器人顾客——一个机器罗利[①]——慢慢地滑到了桌子底下，边滑边说他要因为某个姑娘教训某个家伙。

银辟法斯特坐进空出来的座位，用精明的目光瞅了几眼菜单。餐桌四周，那套程序的节奏似乎难以觉察地加快了速度。有人开始争论，有人试图在餐巾纸上证明什么。他们凶狠地朝对方挥舞手臂，还企图检查别人的鸡肉块。侍者的手在账本上滑动的速度超出了人手所能企及的范围，很快又超出了人眼所能看清的速度。步调加快。没多久，特殊但挥之不去的优雅感压倒了众人，再过几秒钟，他们似乎忽然暂时达成共识。崭新的波震方式流遍全船。

银辟法斯特走出玻璃房间。

“小酒馆数学，”他说。“异科学所知的最强大的计算力。跟我去信息幻象室。”

他一阵风似的掠过两人，卷起看傻了的福特和亚瑟紧随其后。

---

① 机器罗利(AutoRory)：据作者自述，名字来自他的一位老友罗利·麦克格拉斯(Rory McGrath)，因为下面描写的正是这位老友经常在餐馆做出的举动。——译者

7

小酒馆数学引擎是一种新出现的美妙东西，能帮助你跨越广阔星际空间，同时免去了操弄不可能性因子时有可能遇见的危险。

小酒馆数学本身不过是理解数字行为的革命性新手段而已。正如爱因斯坦早就观察到的，时间并非绝对，而是取决于观察者在空间中的行为，同时空间也并非绝对，而是取决于观察者在时间中的行为；因此我们现在意识到了，数字并非绝对，而是取决于观察者在餐馆里的行为。

第一个非绝对数是订座人数。在前三个打给餐馆的电话过程中，这个数字会有所变动，而且与真正露面的人数，与在演出、比赛、派对和音乐会散场后上桌的人数，与见到某些人出现而临时决定离开的人数都没有任何关系。

第二个非绝对数是给定的抵达时间，现在被视为最最离奇的数学概念之一：一个互反相斥子，其存在只能被除它之外的任何东西定义。换句话说，给定的抵达时间就是参加者谁也不可能抵达的那个时间。互反相斥子如今在数学的许多分支中扮演着至关重要的角色，包括统计学和会计学，同时也出现在建造“别人的问题”场的基本算式之中。

第三个也是最神秘的非绝对性算子存在于账单条目数量、各条目价格、结账人数和他们每个人准备付多少钱的关系之中。（真正带了钱的人数只是这一领域的一个子现象而已。）

往往在此刻产生的歧异令人困惑不已，却有许多个世纪未能得到深入研究，这只是因为谁也没有太把它们当回事。这些歧异总被归咎于礼貌、粗鲁、自私、炫耀、疲惫、激情或时间已晚，隔天早晨便被忘个干干净净。从来没有谁在实验室条件下检验过它们，这是理所当然的事情，因为实验室里——至少是声明卓著的那些实验室——从来不会发生这种事情。

只是因为袖珍电脑的出现，如此惊天动地的事实这才终于浮出水面，简述如下：

在餐馆范围内写在餐馆账单上的数字，在宇宙其他部分写在任何纸张上的数字，两者不遵循相同的数学法则。

单单这么一个事实就在科学界掀起了狂风暴雨，引发了彻底的革命。那么多数学研讨会改在那么上等的餐馆里召开，整整一个世代，许多最出色的思考者死于肥胖症和心力衰竭，数学的发展进程因此倒退了好多年。

然而，人们还是渐渐理解了这个观点的诸多推论。刚开始，它过于生硬，过于疯狂，过于像是街边闲人听见了会说“嘿，我也想得出”的东西。接着，有人发明了例如“交互式主观性框架”一类的字眼，大家于是放松下来，欣然接受。

几小群僧侣开始在主要研究机构附近出没，咏唱怪异的圣歌，大意说宇宙不过是其自体想象所捏造的事物，最后上头准许他们开个街头剧场，他们就离开了。

8

“在太空旅行时，你们要知道，”银辟法斯特一边摆弄信息幻象室的什么器具，一边说，“在太空旅行时……”

他停下来，环顾四周。

经过中央计算区对视觉的虐待，信息幻象室简直是个解脱。房间里什么也没有。没有信息，没有幻象，只有他们三个人、雪白的墙壁和几个像是应该插进某件银辟法斯特怎么都找不到的东西里的小小器具。

“要知道什么？”亚瑟追问道。他传染了银辟法斯特的紧迫感，但不知道应该拿这种感觉怎么办。

“什么什么？”老人问。

“你刚才在说什么？”

银辟法斯特投来锐利的目光。

“数字，”他说，“很糟糕。”他继续左找右找。

亚瑟睿智地点头称是。过了一会儿，他意识到这并没有帮助他理解任何东西，决定还是要问一声“什么？”

“在太空旅行时，”银辟法斯特重复道，“所有数字都很糟糕。”

亚瑟又点点头，扭头向福特求援，但福特正在练习如何郁闷，此刻已经练得炉火纯青。

“我只是，”银辟法斯特叹息道，“想帮你省下麻烦，免得你问我这艘飞船的运算为什么都在侍者的账本上进行。”

亚瑟皱起眉头。

“这艘飞船的运算，”他问，“为什么都在侍者的账本上——”

他停了下来。

银辟法斯特说，“因为在太空旅行时，所有数字都很糟糕。”

他看不出亚瑟是否理解了他想表达的意思。

“听我说，”他说。“数字在侍者的账本上跳舞。你肯定见识过这种现象。”

“呃……”

“在侍者的账本上，”银辟法斯特说，“现实和非现实在最最基本的层次上碰撞，两者互换身份，在特定的参数设定下，一切都有可能发生。”

"什么参数？"

"不可能说清，"银辟法斯特说。"这就是其中之一。奇怪但真实——至少我觉得很奇怪，"他说，"而且能保证很真实。"

这时，他终于找到了一直在寻觅的墙壁卡槽，咔哒一声把手里的器具插了进去。

"别紧张，"他说着忽然对自己投射出紧张的目光，接着猛地往后一蹿，"这是……"

福特和亚瑟没有听清他说了什么，因为就在这时，包围着他们的飞船忽然一闪就消失了，一艘和英国中部地区小型工业城市差不多尺寸的星际战舰劈开茫茫夜空，直奔他们而来，恒星级镭射炮喷射火焰。

噩梦般的炫目光辉如暴风雨般撕裂黑暗，击碎了他们背后那颗行星的好大一块面积。

他们瞠目结舌，却无法惨叫。

9

另一颗行星，另一个日子，另一天黎明。

清晨最稀薄的银色天光悄悄出现。

几十万亿亿吨超级炽热的氢原子核一边爆炸，一边缓缓爬上地平线，努力让自己看起来又小又凉，还有点儿湿乎乎的。

每个黎明都有这么一个时刻：光线浮动，魔法像是也有了可能性。宇宙屏住了呼吸。

斯库恩谢勒斯星系的截塔行星上，这个时刻像平时一样过去，没有发生任何事情。

晨雾粘在湿地的表面上，染灰了沼泽里的树木，让高秆芦苇变得模糊不清。雾气像是屏住呼吸似的悬在那里动也不动。

万物俱静。

万籁俱寂。

太阳无力地和雾气搏斗着，想往这儿洒些暖意，让那儿透点光亮，但今天太阳显然又只能拖着沉重的步子在天上走一遍了。

万物俱静。

万籁仍旧俱寂。

万物俱静。

万籁俱寂。

斯库恩谢勒斯星系的截塔星上，整整一天往往就这么度过，今天无疑又将是这么一天。

十四个小时过后，太阳透着完全浪费力气的感觉，绝望地落下对面那条地平线。

几个小时过后，太阳重新出现，昂首挺胸，开始再次往天上爬。

然而，这次有什么事情正在发生。一张床垫遇见了一个机器人。

“哈啰，机器人，”床垫说。

“哔哩，”机器人说，继续他正在做的事情，也就是非常缓慢地兜一个非常小的圆圈。

“高兴吗？”床垫说。

机器人停了下来，看着床垫。机器人用挖苦的眼神看着床垫。这显然是一张非常愚蠢的床垫。床垫瞪大眼睛回视机器人。

机器人以十位有效小数的精度计算出最能向所有床垫兮兮的东西传递一般鄙视之情的确切暂停时间，暂停后接着兜它的小圈子。

“咱们可以聊聊，”床垫说，“你喜欢聊天吗？”

这是一张宽大的床垫，质量多半也不赖。这些年来很少有什么需要制造的产品了，因为在一个无限广阔的宇宙里——比方说，就像我们居住的这个宇宙——你能想象得到的大部分东西，还有你恐怕很难想象得到的很多东西，都在某个地方默默生长。最近有人发现一片森林，里面大多数树木的果实都是棘轮旋凿。棘轮旋凿果的生命周期相当有趣。一旦经过采摘，它就需要一个黑暗且遍布灰尘的抽屉，好让果实不受打扰地安睡许多年。然后到了某天夜里，果实会突然孵化，抛掉粉碎成灰尘的外果皮，露出一个完全无法辨识的小金属物，两头带有法兰盘，还有像是螺脊的东西和像是用来拧螺帽的窟窿。这东西一经发现就会被丢弃。谁也不知道你能从中得到什么。智慧无穷的大自然想必正在琢磨这个问题。

谁也不知道床垫应该从它们的生命中得到什么。床垫很大，很友善，长了一肚子口袋弹簧[①]，这种生物在斯库恩谢勒斯截塔星的沼泽里过着安静的隐居生活。许多床垫被捕获、屠

---

① 口袋弹簧(pocket-sprung)，指每根弹簧都有独立外袋容纳的床垫结构。——译者

杀、晾干、运走、供人在上面睡觉。但它们似乎全不介意，而且名字都叫泽姆。

“不，”马文说。

“我的名字，”床垫说，“叫泽姆。咱们可以聊会儿天气。”

马文再次停下了他沉重而疲惫的绕圈步子。

“露水，”他评论道，“今天早晨落下时发出的轰响让我格外难受。”

他接着转圈，像是被这番对话激发了灵感，抑郁和绝望又爆发上了新的高度。他顽固地拖着沉重的步子前行。他要是有牙齿，这会儿肯定正在咬牙切齿。可惜他没有牙齿，因此也没能咬牙切齿。光凭这沉重的步伐就足以说明一切。

床垫四处扑噗了一阵子。这个动作只有沼泽里的活床垫才会做，因此我们平时不太容易碰到“扑噗”一词。床垫用大致上充满同情心的方式扑噗了一阵子，搅动了相当可观的一片水体。床垫可爱地在水里吐出几个泡泡。一束有气无力的阳光出乎意料地射穿雾气，瞬间照亮了床垫蓝白条纹的身躯，让这生灵享受了片刻暖意。

马文还在沉重前行。

“看来，你心里有事，”床垫扑噗地说。

“比你能想象的多得多，”马文惊惧道。“宇宙空间有多广袤，我从事各种智力活动的能力就有多无边无际。只有一个例外，那就是快乐的能力。”

扑通，扑通，他踩着步点。

“我快乐的能力，”马文补充道，“能连同一盒火柴一起塞进一个火柴盒。”

床垫咕啵了一声。栖息在沼泽地的活床垫若是被谁的亲历悲剧深深打动，就会发出这种声音。根据《极完整至高超加隆从古到今各种语言字典》，“咕啵”一词亦是空心普的桑阀摇大臣连续第二年发现自己忘了妻子生日时发出的声音。由于全宇宙仅有一位空心普的桑阀摇大臣，而他又终生未婚，因此这个词语只表达过否定和推测的意思；另外，最近有越来越多的人赞同《极完整至高超加隆从古到今各种语言字典》并不值得让运输舰队把它的缩微存储版本送往银河各处。奇怪的是，这本字典没有收录“扑噗地”一词，而这个词的意思很简单，就是“以扑噗的方式做某事”。

床垫再次咕啵一声。

“我感觉到你的二极管里深深地藏着沮丧，”床垫呕噜道（想知道“呕噜”一词的含义，请随便找一家尚存于世的书店买一本《斯库恩谢勒斯沼泽语》，或者买一本《极完整至高超加隆字典》也行，至高超加隆大学会非常乐于将其脱手，以换取几个价值不菲的停车位），“这让我非常哀伤。你应该学学床垫。我们在沼泽里过着与世无争的生活，能够扑噗和呕噜就非常满足了，对潮湿也抱着颇为扑噗的态度。有些床垫被杀了，但我们都叫泽姆，所以谁也不知道到底谁被杀了，因此把咕哝降低到了最低程度。你为什么在兜圈子？”

“因为我的一条腿陷住了，”马文淡然道。

“要我说，”床垫怜悯地看着马文的腿，“这条腿可真不怎么的。”

“说得好，”马文答道，“确实如此。”

“呜嗯，”床垫说。

“我猜也是，”马文说，“我猜你还觉得机器人有条假腿这个想法很逗乐。以后见到你的朋友泽姆和泽姆，别忘了讲给他们听；如果我认得他们，我猜准能逗得他们哈哈大笑，可惜我当然并不认识——不过就我对所有有机生命的了解来说肯定如此，我对有机生命的了解实在远远超出了我所愿意的范围。哈！我的生命只是一盒齿轮虫子[①]。”

他继续跺着脚绕他的小圈，绕着他那条能在烂泥里旋转但看起来像是陷住了的钢铁假腿兜圈子。

“但你为什么要这么一圈一圈地转呢？”床垫说。

“只是为了证明这个事实，”马文说，接着一圈一圈地转。

“就当你已经证明了，我亲爱的朋友，”床垫呋啵道，

---

① 原文为“a box of wormgears”，戏仿英语成语“a can of worms”（复杂而充满麻烦的局势）。——译者

“就当你已经证明了。”

“再过一百万年，”马文说，“再过短短的一百万年就行。到时候我也许会尝试倒着转。只是为了有点儿变化，你明白的。”

床垫打最里面的口袋弹簧深深地感觉到机器人强烈希望被问及他已经这么徒劳无功地跋涉了多少时间，于是就静静地吠啵出了这个问题。

“哦，刚过整一百五十万年，刚过而已，”马文轻描淡写地说。“问我有没有觉得无聊过，来吧，问我。”

床垫问他有没有觉得无聊过。

马文没有搭理这个问题，只是踏着更卖力的步点继续艰难绕圈。

“有次我发表过演说，”他忽然说，和前面的话题完全脱了节。“你也许无法立刻看出我为何要提起这个话题，但这是因为我的思维速度快得宛如奇迹，粗略估算一下，我比你聪明三百亿倍。让我给你举个例子吧。随便想个数字。”

“呃，五，”床垫说。

“错，”马文说。“懂了？”

床垫大受触动，意识到他面前的这家伙绝对头脑非凡。床垫从头到尾哇咪了一下，在覆满水藻的水塘里掀起了阵阵微澜。

床垫嘎噗了起来。

“跟我讲讲，”床垫追问道，“你发表过的那次演说吧，我非常想听。”

“反响很差，”马文答道，“原因林林总总。发表演说的地点，”他停下来，用他那条不算全好的胳膊打个笨拙而粗俗的手势，不过这条胳膊已经比令人沮丧地焊在左半边的那一条强多了，“就在那里，大约半英里之外。”

他尽其所能指点方向，同时很明白地想让对方知道，他已经在尽其所能指点方向了，这个方向穿过雾气，越过芦苇，落在和这片沼泽的其他地方没有任何区别的一块地方上。

“那里，”他重复道。“当时我多多少少还是个名人。”

床垫顿时激动起来。它从未听说过斯库恩谢勒斯星系的截塔星上有谁发表过演讲，更别说还是名人的演讲了。床垫的背脊一阵呱咯，水花四溅。

床垫做了一件绝少有床垫愿意去做的事情。它聚集起每一分力量，抬起自己长方形的身躯，猛地立在半空中，颤抖着坚持了几秒钟，视线穿过雾气、越过芦苇，落向沼泽里马文所指的那块地方，观察片刻，很难说它没有感觉到失望，因为那块地方和这片沼泽的其他地方没有任何区别。这个动作实在太费力了，床垫扑吱回水塘里，溅了马文一身臭泥、苔藓和水草。

“我曾是个名人，”机器人哀伤地嗡嗡说着，“尽管为期短暂，那是由于我在一颗熊熊燃烧的恒星核心那里奇迹般地逃脱了必死的命运，却因此饱受憎恨。你可以从我的境况猜得到，”他补充道，“我的逃脱有多么惊险。收废金属的贩子救了我，想象一下吧。请看看我，大脑的尺寸比得上……唉，算了。”

他凶狠地又走了几秒钟。

“给我安上这条腿的正是那个家伙。可恨，对吧？他把我卖给一家‘思想动物园’。我是明星展品。我必须坐在一个盒子上讲故事，而人们不停叫我快活些，积极些。‘咧嘴笑笑，小机器人，’他们对我这么嚷嚷，‘来，给爷咯咯笑一个。’我解释说想让我这张脸咧嘴笑，需要在车间里拿扳手折腾好几个钟头才行，这话让他们好生受用。”

“你的演讲，”床垫催促道。“我想听你在沼泽里发表的演讲。”

“沼泽地上建了一座桥。一座赛博结构的超桥，长几百英里，让离子马车和运货卡车驶过沼泽。”

“一座桥？”床垫喟噜道。“就在这片沼泽地？”

“一座桥，”马文证实道，“就在这片沼泽地。将让斯库恩谢勒斯星系的经济焕发新生。他们把整个斯库恩谢勒斯星系的经济资源都搭了进去，却请我前去剪彩。一群可怜的傻瓜。”

天上开始下毛毛雨，细密的雨点洒过雾气。

“我站上讲台。面前几百英里，背后几百英里，大桥绵延伸展。”

“大桥闪闪发光了吗？”床垫狂热地问。

“大桥闪闪发光了。”

“大桥庄严地跨越了许多英里吗？”

“大桥庄严地跨越了许多英里。”

“大桥像条银线似的伸进了朦胧雾气吗？”

“是的，”马文说。“你还想不想听我说？”

“我想听你的演讲，”床垫说。

“我是这样说的。我说，‘我想说，请我为大桥剪彩令我倍感欣喜、荣幸和抬举，但我不能这么说，因为我的撒谎回路全都不在工作状态。我憎恨并蔑视你们所有人。我现在宣布，这座倒霉的赛博结构正式开通，即将承受所有放肆经过者难以启齿的虐待。’然后，我把自己插进了通车电路。”

马文停了下来，回忆那个时刻。

床垫又是呋啰又是咯啰，又是扑噗又是咕噗又是哇咪，在哇咪的时候格外扑噗。

“呜嗯，”末了，床垫喔呋道。“肯定是一个了不起的时刻吧？”

“相当了不起。上千英里长的大桥自己折叠起它闪闪发光的桥面，哭着沉进泥淖，把桥上的所有人都带了下去。”

谈话陷入哀伤而又可怖的停顿，就在这段时间内，随着十万人出乎意料地齐声大喊“呜噗”的巨响，一组白色机器人以紧凑的军事队形从天空宛如蒲公英种子一般随风降下。这个突兀而凶暴的瞬间过后，这些机器人都站在了沼泽地里，扯掉马文的假腿，然后重新回到它们的飞船里，飞船发出“呜噗”一声。

“看见我都得忍受什么事情了吧？”马文对正在咕啵的床垫说。

一瞬间过后，机器人突然再次现身，重演刚才的凶暴一幕，这次它们离开时，只剩下床垫独自孤零零地待在沼泽里。他惊讶而警觉地扑噗了一阵，几乎因为恐惧而咯咕了。他抬起身子，把视线透过芦苇，却什么也看不到，只有更多的芦苇。他侧耳倾听，但风中只有已经听惯了的半疯词源学家在远处隔着阴沉泥淖互相呼唤的叫声。

10

亚瑟·邓特的躯体在飞转。

宇宙在躯体周围碎裂成一百万块闪亮的碎片，每块碎片都悄无声息地飞转着穿过虚空，银色表面各自映出烈火与毁灭的可怖惨相。

接着，宇宙背后的黑暗爆开了，每块黑暗都是地狱的一缕狂暴烟气。

然后，宇宙背后的黑暗背后的虚无坍塌了，碎裂宇宙背后的黑暗背后的虚无背后终于露出一个气度非凡的暗黑身影，他一开口就说起了气势非凡的话语。

“请看，这，”身影坐在一把舒适非凡的椅子里，说道，“就是坂裘战争，曾经降临我们银河系的最惨烈的灾祸。你们刚才体验的……”

银辟法斯特挥着手飘过。

“只是纪录片而已，”他扬声大喊。“这部分可不太好。抱歉极了，我正在找倒带控制……”

“……乃是几百亿亿无辜……”

“千万不要，”银辟法斯特喊叫着再次飘过，一边疯狂拨弄着被他插在信息幻象室墙上然后就卡在了插槽里的那个东西，“急着答应买任何东西。”

“……智慧生物、飞禽走兽、你的同类……”

音乐渐强——这当然还是非凡的音乐、非凡的和弦。那个人背后，以非凡气势旋动的浓雾之中，缓缓地浮现出了三根高大的柱子。

“所体验过、所经历过的事情——更确切地说，在大多数时候，未能活着经历完的事情。想想吧，朋友们。且让我们牢记——再过一会儿，我将向诸位提供一种永远牢记的手段——在坂袤战争之前，这个银河系曾是个稀罕而又美妙的东西：一个快乐的银河系！”

音乐在此刻走向了恢弘非凡的癫狂。

“一个快乐的银河系，朋友们，正如仨柱门[①]符号所象征的那样！”

那三根柱子已经清楚地出现在了眼前，三根柱子顶上架着

① 原词 Wikkit，与板球中的 wicket（三柱门）读音相同。——译者

两根横梁，亚瑟的脑袋虽已一片混乱，但这幅场景还是熟悉得让他惊呆了。

“三根柱子，”那男人声如雷鸣。“钢柱，代表银河系武装和权柄的力量！”

探照灯打出强光，顺着左手边那根柱子上上下下跳起疯狂的舞蹈，那根柱子显然是用精钢或类似材质铸造的。音乐轰鸣怒号。

“有机玻璃柱，”那男人诵读道，“代表银河系科学和理性的力量！”

又有探照灯亮起，顺着右手边那根柱子饱含异域风情地上下舞动，在透明柱子的内部制造出令人头晕目眩的图案，亚瑟·邓特的肚子忽然难以解释地渴望起了冰激凌。

“还有，”雷鸣般的声音继续说道，“木柱，代表……”他的声音变得略微嘶哑，带上了绝妙的感伤情绪，“自然与灵性的力量。”

灯光打亮中间那根柱子。音乐勇敢地迈入了完全无法用语言形容的领域。

“而这三根柱子支撑着的，”声音滚滚而去，接近高潮，“是代表富足的金横木和代表和平的银横木！”

说到这里，那整个东西都沐浴在了炫目的强光之下，很幸运的是音乐已经远远超出了听力极限。三根柱子顶上，那两根闪着无上光彩的横木岿然不动，熠熠生辉。横木上似乎坐了几个姑娘，或许应该是天使也未可知。不过，描绘天使的时候一般总比这个要多穿两件衣服。

突然之间，想必旨在表达大一统的场景戏剧性地安静下来，灯光也随之黯淡。

“没有哪个世界，”专业播音员般的男声颤抖起来，“在我们的银河系里，直到今天，也没有哪个文明世界不崇拜这个符号。即便在那些未开化的世界，这个符号也烙印在种族记忆之中。被坂袭军队毁灭的正是它，封锁坂袭世界直到永恒尽头的也正是它！”

他做个夸张的手势，手中出现了一个三柱门的模型。眼前的整个场景委实超凡入圣，难以判断具体尺寸，但这个模型看起来至少有三英尺高。

“当然，这不是原始的钥匙。众所周知，原始钥匙已被毁灭，炸进了时空统一体永远盘旋的涡流，从此永远消失。这是一个出色的复制品，由技术高超的匠人手工打造，借助远古的秘密工艺怀着爱意拼装起来，制成这个会让拥有者倍感骄傲的纪念品，这是为了缅怀逝者，并向他们誓死捍卫的那个银河系，也就是我们的银河系，致敬……”

银辟法斯特再次飘过。

“找到了，”他说。“这些屁话随它去。只是记住千万别点头。”

“现在，让我们点头付款吧，”那声音吟诵道，然后又说了一遍，只是这次速度更快，而且还是倒着说的。

灯光来了又去，柱子消失，那男人叽里咕噜地倒着说话，最后没了身影，宇宙在四周啪地一下拼回原貌。

“听懂要点了？”银辟法斯特问。

“我很震惊，”亚瑟说，“还很困惑。”

“我在睡觉，”福特飘进他们的视线。“漏没漏掉什么重要的？”

他们发觉自己又站在了高得让人心惊胆战的悬崖上，还在飞快地左右颠簸。朔风扑面，吹过海湾；海湾上方，银河系有史以来集结过的最强大的太空战斗舰队的残骸燃烧着迅速地恢复了原样。天空是阴沉的粉色，被一种颇为稀奇的颜料染成蓝色，继而向上变为黑色。浓烟以不可思议的速度从天空滚滚而下。

各种事件倒退着经过身边，快得已经无法辨识；过了一小会儿，一艘庞大的星际战舰急匆匆地逃开，像是被他们“哇”的一声吓跑了，福特和亚瑟认出这正是他们进入房间的那一刻。

但现在变化太过迅速了，视觉和触觉化为模糊一团，轻轻拂动两人身体，带着他们经历了许多个世纪的银河历史，旋转、扭摆、摇曳。声音则只是稀薄的颤音而已。

他们周期性地穿过凝聚成团的混乱大事，感觉到骇人听闻的灾难、深不可测的恐惧和撼天动地的摇震，而这些总和某些重复出现的特定画面有所联系，在犹如雪崩的历史变动之中，只有这些图像清楚地呈现在眼前：仨柱门，硬质小红球，硬质白色机器人，还有一些不那么清晰的东西，某种暗沉沉、阴森森的东西。

还有另外一种感觉也从惊心动魄流过的时间中清晰地浮现出来。

若是逐步加速播放一连串缓慢的咔哒声，那么每一下咔哒声都会失去明确的界限，渐渐变得像是持续不断的声响，而音调也会随之攀升；与此类似，此时此刻，一连串单独的印象也渐渐变得像是某种持续不断的情绪——但又不是一种情绪，即便真是一种情绪，那也肯定是毫无感情的一种情绪。这是恨意，无法和解的恨意。它冷冰冰的，不是冰那种冷，而是墙壁那种冷。它不针对任何个人，不是在人群中乱挥拳头那种不针对个人，而是电脑签发的停车告票那种不针对个人。而且，它很致命——再补充一句，不是子弹或利刃那种致命，而是横在公路上的一道砖墙那种致命。

正如不断攀升的音调会发生质变，在攀升的过程中产生谐波，这种毫无感情的情绪似乎也攀升成了无法容忍但又无法被听见的嘶喊，但接着就忽然变成了饱含愧疚和失落的嘶喊。

忽然，它停下了。

他们被抛在一个静谧的傍晚，站在一座静悄悄的小山顶上。

日头正在落山。

他们周围，绵延起伏的绿色山野如和缓的波浪般伸向远方。鸟儿唱着它们对所有这些的看法，观感大体而言相当不错。稍远处能听见孩童嬉戏的声音，声音源头再过去些的地方，薄暮微光勾勒出了一个小镇的轮廓。

镇上多数是低矮的白色石砌房屋。天际线起伏和缓，令人愉快。

日头就快落到地平线以下了。

音乐不知在何处响起。银辟法斯特拨动一个开关，音乐戛然而停。

有个声音说，“这……”银辟法斯特拨动一个开关，声音戛然而停。

“听我给你们说说吧，”他静静地说。

这地方很祥和。亚瑟觉得很高兴。连福特都一脸喜气。他们朝小镇方向走了一小段路，脚下草地的信息幻象富有弹性，舒适宜人；花朵的信息幻象甜蜜而芬芳。只有银辟法斯特满脸忧色，郁郁寡欢。

他停下来，抬头望去。

亚瑟忽然想到，旅途既然来到了终点——只是形式上的说法而已，更确切地说，来到了刚才模糊体验到的所有一切的起点——那么，有些极度险恶的事情就即将发生了。想到一个这么富有田园牧歌风范的地方即将遭遇极度险恶的事情，他顿感沮丧。他还抬起头看了看，但天上什么也没有。

“他们不会马上攻击这个地方吧？”他说。他明白此刻正在走过的只是一段录像，但仍旧感到惊恐。

“没有什么会马上攻击这个地方，”强烈的情感让银辟法斯特的声音颤抖起来，这让亚瑟有些意外。“这里是一切开始的地方。这里就是那个地方。这里是坂袤。”

他抬头望向天空。

天空，从一侧地平线到另一侧地平线，从东到西，从北到南，全都是彻底而绝然的黑色。

11

咚，咚。

嗡——

“很高兴为您服务。”

“闭嘴。”

“谢谢。”

咚，咚，咚，咚，咚。

嗡——

“谢谢您让一扇简单的门如此快乐。”

“希望你的二极管烂掉。”

“谢谢。祝您愉快。”

咚，咚，咚，咚。

嗡——

“为您开门是我的荣幸……”

“滚开！”

“……知道任务完成后再关上门让我心满意足。”

“我说过了，滚开！”

“谢谢您收听这条讯息。”

咚，咚，咚，咚。

“呜噗。”

咚咚咚跺着脚走路的赞法德停下来。他已经在“黄金之心号”里咚咚地跺着脚走了好几天，迄今为止还没有听见过哪扇门对他说“呜噗”。他非常确定现在也没有哪扇门在对他说“呜噗”。这不是门会说的那种话。太简练了。更何况也没有足够多的门。这声音像是十万人齐声在说“呜噗”，赞法德不由大惑不解，因为船上只有他一个人。

一片漆黑。船上非必需的系统都被关闭了。“黄金之心号”正在银河系的偏远角落漂浮，流浪于墨黑的空间深处。因此，怎么会有十万人忽然出现，完全出乎意料地齐声说“呜噗”呢？

他四下扫视，朝走廊前面看看，又朝走廊后面看看。到处都笼罩在阴影之中。黑暗中只有那些门用极黯淡的粉色各自勾勒出轮廓，并在说话时脉动发光——他已经用尽了能想到的全部办法，但就是没法让它们闭嘴。

之所以不开灯，是因为这样就能让两个脑袋无法彼此相见，此刻这两个脑袋都不特别迷人，自从他犯了窥视灵魂的错误以来，它们就一直不怎么迷人。

百分之百是个错误。事情发生在一天深夜——这是当然了。

那天过得很健康——也是当然了。

飞船的音响系统在播放灵魂味儿十足的音乐——更是当然了。

而他——当然是当然了——有点喝多了。

换句话说，尽管导致探询灵魂的所有通常诱因当时全都存在，但他显然仍旧犯了错误。

现在，孤零零、静悄悄地站在黑暗的走廊上，回忆起那个时刻，赞法德打了个寒战。他的一个脑袋朝一个方向看，另一个脑袋朝另一个方向看，两个脑袋都决定应该朝另一个方向走。

他侧耳倾听，却什么也听不到。

只有刚才那声“呜噗”。

带来那么一大堆人，只为了说一个词语，这段路程似乎也太远了些。

他紧张兮兮地朝舰桥方向一点一点蹭过去。在舰桥他至少还能有掌控感。他再次停下。就他的心情而言，他不认为自己很适合掌控什么。

回想起来，那一刻最初的震撼是，他发现自己真的拥有灵魂。

事实上，他一向多多少少觉得自己有灵魂，因为别的东西他一样也不缺，有些东西甚至还有双份，但忽然真个撞见藏在内心深处的那玩意儿还是让他像是兜头吃了一记重拳。

接着，他发现(第二次震撼)灵魂并不完全是什么美妙的东西，与他这种位置的人物自然而然认定自己应该拥有的不相符合，这让他又吃了一记重拳。

接着，他想了想他真正的位置，新一轮震撼险些让他打翻酒杯。赶在出大事之前，他连忙一饮而尽。然后又飞快地喝了一杯，让第二杯下去看看前一杯是否安好无恙。

“自由，”他大声说。

翠莉安恰好走上舰桥，就自由这个题目说了些慷慨激昂的话。

“我应付不了这东西，”他阴沉地说，又派第三杯下去看看为啥第二杯还没有报告第一杯的情况。他难以决定地打量着两个翠莉安，发觉自己更喜欢右边那个。

他把一杯酒倒进另一条喉咙，打算让这杯酒拦住上一杯，两杯齐心协力去找第二杯，帮助第二杯振作精神。然后这三杯就一起去找第一杯，跟第一杯好好聊聊，兴许还可以唱个歌什么的。

他不太确定第四杯是否理解了他的心意，于是派第五杯去更详细地解释计划，又派第六杯提供道义上的支持。

“你喝得太多了，”翠莉安说。

他的两个脑袋想分清一字排开的四个翠莉安，却撞在了一起。他放弃努力，望向导航显示屏，惊讶地发现他见到的星星之多堪称空前绝后。

“刺激、惊险、非常狂野，”他嘟囔道。

“你看，”翠莉安用怜悯的声音说，一边在他附近坐下，“你有段时间会觉得无所适从，这是完全可以理解的情况。”

他惊讶地看着翠莉安。他还没见过有谁能坐在一个人自己的大腿上。

“哇噢，”他说。他又灌下一杯酒。

“你这么多年来的使命终于结束了。”

“跟我没关系。我一直在努力避开它。”

“但你还是结束了它。”

他咕哝了一声。他的胃里显然在开什么盛大的派对。

“我觉得是它结束了我，”赞法德说。“请看看我，赞法德·毕博布鲁克斯，我愿意去哪儿就去哪儿，想干什么就干什么。我拥有已知天空最了不起的飞船，有个姑娘我觉得跟她进展得挺不错……”

“真的吗？”

“就我所知，我在个人关系方面称不上专家……”

翠莉安挑起眉毛。

“我是，”他继续说道，“一个最了不起的家伙，我可以想干什么就干什么，只是因为我压根儿就不知道我到底想干啥。”

他停了下来。

“但事情和事情，”他接着继续说道，“忽然断了联系”——为了反驳这句话，他又饮下一杯酒，接着毫无优雅可言地滑出了座椅。

趁他睡得昏天黑地，翠莉安找到船上的《银河系搭车客指南》，做了一番小小研究。《指南》对醉酒给出了一些建议。

“尽管去吧，”《指南》说，“祝你好运。”

与其交叉索引的条目说的是宇宙尺寸和应对手段。

接着，翠莉安读到了韩波星的条目，这是一颗富有异域风情的度假行星，也是宇宙奇景之一。

韩波星这颗星球大部分由奢美的超豪华酒店和赌场组成，而这些酒店和赌场都是风雨蚀刻自然形成的。

这种事情的发生概率差不多是一比无穷大，我们对其成因知之甚少，这是因为渴望探寻答案的行星物理学家、概率统计学家、流星分析学家和怪异研究学家都付不起住在韩波星上的花销。

太棒了，翠莉安暗自想道。没过几个钟头，这艘状如白色跑鞋的高级飞船就沐浴在炽热而灿烂的阳光下，徐徐落向一个色泽明亮的沙质太空港。飞船显然在地面引起了骚动，翠莉安很是自得其乐。她听见赞法德在船上某处吹着口哨走来走去。

“你怎么样？”她通过内部通话系统说。

“很好，”赞法德轻快地说，“好得不能再好了。”

“你在哪儿？”

“卫生间。”

“在那儿干什么？”

“待着呗。”

过了一两个钟头，赞法德显然说到做到，飞船返回空中，连舱门都没有打开哪怕一次。

“唏嚯！”电脑埃迪说。

翠莉安耐心地点点头，弹了几下手指，然后揿下内部通话系统的按钮。

“想来你此刻需要的不是被迫享乐。”

“大概不是，”不知身处何方的赞法德答道。

“我想，也许身体上的挑战能帮助你摆脱自己的束缚。”

“我想，随便你怎么想吧，”赞法德说。

“不可能达成的休闲手段”——几分钟后，翠莉安坐下继续翻阅《指南》，正是这个标题虏获住了她的视线；“黄金之心号”以难以置信的高速朝着无法确定的方向疾驰，她抿了一口自动营养分发机提供的难喝东西，开始研究如何飞行。

《银河系搭车客指南》关于飞行这个题目有如下论述：

飞行自有飞行的技法，《指南》说，或者称之为诀窍更适合。

诀窍在于，要学会怎么把自己扔向地面但又错过地面。

找个好日子，《指南》建议，去尝试一下。

第一个要点很简单。

只要求你拥有拼上全部体重把自己往前扔的力气，以及不介意随之而来的伤痛。

也就是说，如果你不巧未能错过地面，就会疼得要死要活。

绝大多数人都未能错过地面，要是他们尝试时的态度实在认真，就非常有可能相当狠地未能错过地面。

很显然，难度都体现在了第二个要点上，也就是错过地面。

重点在于你必须偶然错过地面。存心想错过地面是白费心思，因为你躲不过。你必须在落到一半的时候让注意力突然被别的东西吸引走，这样你就不会再想着坠落、地面和如果不能错过地面就会多疼多痛。

在可供支配的顷刻之间把心思从这三件事情上移开，难度之大众所周知。因此，绝大多数人都失败了，最终对这项让人振奋且引人入胜的运动大失所望。

然而，假如你运气够好，在关键时刻暂时转开了注意力——原因形形色色，例如一双美腿（或者美触须、美伪足，这得看你所属的门类以及/或者个人取向了），或者炸弹在附近爆炸，或者突然发现有只无比罕见的甲虫趴在旁边的树枝上，这时你就会在震惊中完全错过地面，然后在离地面仅有几英寸的地方以很可能略有点儿傻气的样子沉沉浮浮。

这一刻需要极度集中精神，但心思又必须细腻微妙。

起伏，漂浮；漂浮，起伏。

忽略一切关乎体重的考虑，让自己越飘越高。

别听此刻其他人对你说的话，因为这些话不太可能有用。

他们说的话多半类似于“好老天啊，你不可能飞起来！”

千万不能相信他们，这一点至关重要，否则他们就会立刻变得正确。

越飘越高。

试着下扑几次，刚开始记得要轻柔，等你飘过树顶以后，请有规律地呼吸。

别对任何人挥手。

等你做过几次之后，会发现自己越来越容易把握住分神的那一刻。

接下来你将学会控制方向、速度和机动的各种技术，

PANIC
50
40
30
20
10

诀窍通常在于别太细想你想完成的目标，只管顺其自然让事情发生，就当它原本就要那么发生。

你还将学会如何正确降落，你多半会在这时候撞击地面，首次尝试的场面恐怕还会很难看。

你可以参加私人飞行俱乐部，他们能帮助你找到最最重要的分神一刻。他们的雇员中拥有惊人的胴体或观点，可以忽然从灌木丛后头蹦出来，在关键时刻展示胴体和/或解释观点。很少有真正的搭车客付得起入会费，但有些搭车客也许能在这种俱乐部打打零工。

翠莉安如饥似渴地读着这篇文章，很不情愿地判断赞法德的心情恐怕不适合尝试飞行，或者徒步穿山，或者试图迫使布兰蒂斯沃贡的行政机构认可一张地址更改单，这些都被列在“不可能达成的休闲手段”的标题底下。

因此，她让飞船去了亚洛西曼纽斯·森涅卡，这颗冰雪行星美得令人心悸，冷得叫人震惊。从列斯卡的冰雪平原到萨斯坦图阿的冰晶金字塔，这段漫长的旅程能叫你筋疲力尽，就算有喷气雪橇和一队森涅卡雪地犬也一样，但从金字塔顶望去，斯丁冰原、闪闪发亮的棱镜山脉和远方舞动的天国冰光尽收眼底，这个景象刚开始能冻结你的意识，随后慢慢将其释放进你从未见识过的美丽风光之中，而翠莉安更是特别想让自己的意识被慢慢释放进这从未见识过的美丽风光之中。

飞船进入低轨道。

底下是亚洛西曼纽斯·森涅卡银白色的美景。

赞法德躺在床上，一个脑袋塞在枕头底下，另一个玩纵横字谜直到深夜。

翠莉安再次耐心地点点头，数到一个足够大的数字，然后告诉自己，现在最重要的事情莫过于让赞法德开口说话。

她做了充足准备，费了好大力气关掉厨房里所有机器人自动合成仪器，烹制出她能想得到的最美味的餐食——富含油脂的精美正餐、香气扑鼻的水果、芬芳可口的奶酪、醇厚雅致的毕宿五葡萄酒。

她把餐食端到赞法德床前，问他是否想好好谈谈心。

“滚开，”赞法德说。

翠莉安耐心地对自己点点头，数到一个更大的数字，轻快地把餐盘扫到一边，走进传送室，把自己一下子传送出了赞法德的生活。

她甚至没有输入任何坐标，完全不知道自己这是要往哪儿去，她只是非走不可——化作一排散乱小点飘过宇宙。

“再怎么，”离开时，她对自己说，“都比这儿强。”

“干得好，”赞法德喃喃自语，翻个身——却没睡着。

第二天，他在船上空荡荡的走廊里无休止地踱来踱去，假装没有在寻找翠莉安，尽管他很清楚翠莉安已经不在船上了。电脑唧唧歪歪地问个没完，它想知道船上到底发生了什么，赞法德拿电子抹布塞住了一双终端，于是不再搭理电脑。

过了一会儿，他开始关灯。没什么东西可看。没什么事情会发生。

一天夜里——现在船上其实永远是夜晚了，他躺在床上，决定要振奋精神，梳理一下头绪。他猛地坐起来，开始飞快地穿衣服。他觉得宇宙间肯定有谁比他更倒霉、更悲惨、更无人理睬，他决定出发去寻找那个人。

往舰桥走到半路上，他忽然想到，那家伙多半就是马文，于是又回去躺下了。

几个小时以后，他咚咚地跺着脚，忧愁地在暗沉沉的走廊里踱来踱去，咒骂欢天喜地的自动门，就在这时，他听见十万人齐声说出的“呜噗”，这使得他非常紧张。

他绷紧身体，贴在走廊墙壁上，像是企图用心灵致动术弄弯拔塞钻的人那样皱紧眉头。他把指尖搁在墙上，感觉到不寻常的震颤。现在，他能相当清楚地听见不寻常的轻微响动了，还能辨别出声音的源头方向——来自舰桥。

“电脑？”他从齿缝里挤出咝咝的声音。

“唔唔？”离他最近的电脑终端回答得也同样悄声细气。

“船上有人吗？”

“唔，”电脑说。

“是谁？”

“唔唔唔唔，唔唔，唔唔唔，”电脑答道。

“什么？”

“唔唔唔唔—唔，唔唔——唔唔唔。”

赞法德把一张脸埋进两只手里。

“哦，扎昆在上，”他对自己嘟囔道。说完，他睁大眼睛，望向通往舰桥入口的晦暗幽深的走廊，舰桥传来的异常声音越来越响、越来越有意义，而被塞住嘴巴的电脑终端也在那里。

“电脑，”他再次咝咝说道。

“唔唔？”

“等我拔出抹布……”

“唔唔。”

“记得提醒我给自己嘴上来一拳。”

“唔唔唔，唔唔？”

“随便哪张嘴都行。现在回答我的问题。一下表示肯定，两下否定。危险吗？”

“唔。”

“真的？”

“唔。”

“你不是说了两遍‘唔’？”

“唔唔。”

“嗯。”

赞法德一点一点沿着走廊往舰桥蹭，看样子他更想转身拔腿就跑——事实也确实如此。

到了离舰桥门不到两英尺的地方，他忽然无比惊恐地意识到，这扇门又将彬彬有礼地为他打开，他连忙死死停下。他一直没搞清楚该怎么切断这些门的礼貌问候回路。

通往舰桥的门不在视线之内，因为舰桥弯角被设计成了令人兴奋的圆润线条，而他原本想偷偷摸摸地潜入舰桥。

他意志消沉地靠回墙上，一个脑袋说了几句让另一个脑袋咋舌不已的话。

他盯着那扇门的暗粉色边框，发现在黑黢黢的走廊里，他刚好能分辨出感应场的范围，感应场延伸进走廊，能告诉门有谁来了、它必须为谁打开和必须对谁说些欢快宜人的话。

赞法德紧紧贴在墙上，一丁点儿一丁点挪向舰桥的门，尽其所能放平胸膛，免得碰到感应场那非常、非常难以辨认的边界线。他屏住呼吸，庆幸自己最近几天都郁闷地躺在床上，而不是在飞船的健身房里试图用扩胸器改善情绪。

他随即意识到此刻必须说些什么了。

他浅浅地呼吸几次，然后尽可能快和尽可能小声地说，“门，如果能听见的话，请非常、非常安静地回答我。”

门非常、非常安静地嗫嚅道，“能听见。”

“很好。听好了，我马上要请你开门。开门的时候，你可千万别说你乐意为我服务，明白了？”

“明白。”

“也千万别谢谢我让一扇简单的门如此快乐，或者说能为我开门是你的荣幸，还有什么知道任务完成后再关上让你心满意足，懂了？”

“懂了。”

“也千万别祝我愉快，知道了？”

“知道了。”

“好，”赞法德绷紧神经，“现在开门吧。”

门悄悄滑开，赞法德悄悄钻进房间，门在他背后悄悄关上。

“还合意吧，毕博布鲁克斯先生？”门大声说。

“请诸位想象一下，”赞法德对那群立刻转身瞪着他的白色机器人说，“我握着一把威力无比的射线枪。”

接下来的一段沉默极其冷酷和凶恶。那群机器人用死气沉沉的可怖眼睛打量着他。他们一动不动地站在那里，外形带着某种极其让人恐惧的气质，在从未见过、甚至对他们根本全无了解的赞法德眼中尤其如此。坂裘战争属于银河系的遥远过去，赞法德把刚开始的几堂历史课全用在了琢磨怎么和旁边那个赛博小间的姑娘发生性关系上，他的教学电脑也是这套计谋的组成部分，因此它最后抹光了所有历史回路，取而代之的那套思想使得它招致废弃，被送往降格赛博系统的养老院，不小心和这台倒霉机器深深坠入爱河的那个姑娘也跟了去，结果导致：第一，赞法德再也没能接近她；第二，他漏掉了一段古代史没有学习，而这段历史此刻对他拥有无法估量的价值。

他震惊地盯着那些机器人。

很难解释清楚具体原因，但这些光滑流畅的白色躯体似乎就是邪恶彻底而客观的终极化身。从他们死气沉沉的可怖眼睛，到他们了无生气的强力大脚，他们显然是经过精密计算的产物，设计者的目标很简单，就是杀戮。赞法德在冷冰冰的恐惧中倒吸一口凉气。

机器人刚才正在拆解舰桥的后墙，用蛮力打通了一条通向飞船内关键部位的道路。赞法德的视线穿过横七竖八的残骸，体验到的震惊又深了几分、恶劣了几分，他发现机器人正在朝飞船核心掘进，那里安放着不可能性引擎的心脏，被神秘地凭空制造出来的东西："黄金之心"本身。

离赞法德最近的机器人端详他的眼神像是正在估量他躯体、精神和能力的每一个最小的粒子。等它开口的时候，说出来的内容更是加深了这一印象。不过，在揭示机器人具体说了什么之前，有件事情倒也值得一提：赞法德是一百多亿年以来第一个听见这些家伙说话的有机生命体。如果他当年能多花些心思在古代史上，少花些心思在能让他的器官怎样怎样上，如此殊荣一定能在心头掀起更高的波涛。

机器人的声音和躯体一样冰冷、光滑和缺乏生机，甚至还有几分很有教养的恼恨，应该有多古老，听起来就有多古老。

机器人说，"你确实握着一把射线爆破枪。"

赞法德有一小会儿不明白这句话的意思，他朝自己的手瞥了一眼，立刻松了口气：他从墙壁托架上取走的东西确实是他以为的那个东西。

“是啊，”他用松了一口气的嘲讽口吻答道——把这两种语气放在一起相当需要技巧，“嗯，我只是不想让你的想象力负担过重，机器人。”有几秒钟，谁也没有再说话，赞法德意识到这些机器人显然不是来聊天的，活跃气氛的重任落在了他的肩头。

“我忍不住注意到诸位把飞船，”他的一个脑袋朝适合的方向点了一下，“停得穿过了我的飞船。”

谁也无法否认这一点。他们无视任何合乎礼数的维度行为规范，就这么让飞船出现在了他们希望飞船出现的地方，也就是说，他们的飞船和“黄金之心号”紧紧地扣在了一起，就仿佛它们不过是两把梳子。

他们对这句话同样毫无反应，赞法德琢磨起来，不知道用疑问句的方式说出他这边的发言是否能给这次谈话添加一点动力。

“……对吧？”他补充道。

“对，”那机器人答道。

“呃，好的，”赞法德说。“各位老哥来这儿有何贵干？”

沉默。

“机器人，”赞法德说，“各位机器人来这儿有何贵干？”

“我们，”那机器人粗声粗气地说，“为金横木而来。”

赞法德点点头。他晃晃射线枪，请对方进一步说明。机器人似乎理解这个手势的意思。

“金横木属于我们在寻找的钥匙，”机器人继续道，“有了钥匙就能释放坂袭星上我们的主人。”

赞法德又点点头，再晃晃射线枪。

“那把钥匙，”机器人坦率地接着说了下去，“瓦解失散在了时间和空间之中。金横木嵌在驱动你的飞船的装置里。金横木将重新回到钥匙上。我们的主人将被释放。宇宙修正计划将继续进行。”

赞法德又点点头。

“你都在说什么啊？”他说。

机器人全无表情的脸上似乎掠过一丝微微受伤的表情。他似乎发现这次对话十分令人沮丧。

“消灭，”机器人说。“我们在寻找钥匙，”它重复道，“已经有了木柱、钢柱和有机玻璃柱，马上就将得到金横木……”

“得不到。”

“能得到，”机器人正色道。

“不，得不到。那东西驱动我的飞船。”

“马上，”机器人很有耐心地重复道，“我们就将得到金横木……”

“得不到，”赞法德说。

“然后，我们必须去，”机器人一本正经地说，“参加派对。”

“喔，”赞法德吃了一惊。“我能参加吗？”

“不能，”机器人说。“我们将对你射击。”

“真的假的？”赞法德晃晃他的射线枪。

“真的，”机器人说，他们一起向他开火。

赞法德太吃惊了，机器人不得不对他再次开火，他这才倒了下去。

12

“嘘——”银辟法斯特说。“认真听，仔细看。”

夜幕降临在远古的坂袅星上。天空黑暗而空旷。唯一的光线来自不远处的小镇，轻风静静带来欢宴的愉快声响。他们站在一棵树下，大树散发出的香气令人沉醉。亚瑟蹲下去，感受泥土和青草的信息幻象。他用手指抚摸泥土和青草。泥土厚实肥沃，青草茁壮生长。很难不认为这里从任何方面来说都是个极其令人愉快的好地方。

然而，天空却荒芜到了顶点，在亚瑟眼中，这似乎让这片除此之外都田园风味十足的地方——尽管此刻啥也看不见——笼罩上了一股特定的寒意。不过，他还是觉得，这只是一个你习惯什么风景的问题而已。

有谁敲敲他的肩膀，他抬头望去。银辟法斯特没有说话，把他的视线引向山丘另一侧脚下的什么地方。亚瑟看过去，但只能分辨出几点微光，光点起伏跃动，正在缓缓接近。

亮光越来越近，声音也能听得见了；很快，黯淡的光点和声响化为一小群回家的人，他们正在翻越山丘，走向小镇。

他们走到树下这三位观察者的近处，手里的提灯晃来晃去，光线在树木和青草中跳着柔和而疯狂的舞步，他们惬意地谈天说地，甚至还唱起一首歌曲，描述万事万物多么好得出奇、他们多么高兴、多么享受在农场的劳作、回家见到妻儿将有多么愉快，轻快活泼的合唱段落大致在说每年这个时节花儿格外芬芳，可惜那么喜欢花儿的狗狗却死掉了。亚瑟几乎能想象出保罗·麦卡特尼晚上跷着脚坐在炉火旁边，一边对琳达[①]哼唱这首歌曲，一边琢磨能用收益买些什么，最后决定埃塞克斯郡就挺不错。

"坂裘的主人，"银辟法斯特用阴森的语气低声说。

亚瑟还满脑子都是埃塞克斯郡呢，这句话就重重地砸进了他的脑海，这让亚瑟一时间有些困惑。接着，眼前局势的逻辑硬是压上了他散乱的思绪，他发觉自己还是不明白老人在说什么。

"什么？"他问。

"坂裘的主人，"银辟法斯特又说了一遍，上次他的低语

---

① 琳达是保罗·麦卡特尼(The Beatles 乐队成员)的妻子。——译者

若是已很阴森，那这次听起来就像罹患支气管炎的冥府来客了。

亚瑟盯着那群人看了一会儿，努力理解此刻手头的零星信息。

这群人显然是外星人，但不过是因为他们比地球人略高些、略瘦些、略有棱角些，而且肤色浅淡，近似纯白——除此之外，他们看起来非常令人愉快；或许有点儿古怪，你不一定想跟他们一起坐长途车，可重点却在于：假如他们真在任何方面偏离了正直好人标准的话，也肯定不是不够好，而是好得过头了。那么，银辟法斯特为啥要从肺里挤出各种难听的声音呢？这种声音更适合给有关电锯操作者带着工作回家的龌龊电影做电台广告。

话说回来，坂袠这方面也是疑点重重。他还没完全理解其中的联系，一边是他所知的板球，一边是这个……

银辟法斯特打断了他的思路，像是感觉到了他的脑袋里正在转什么念头。

"你所知的板球运动，"他的声音像是还迷失于地下通道之间，"只是稀奇怪诞的种族记忆而已，真实意义早已失落在了时间的迷雾之中，但影像却在几十亿年后仍旧保存在意识里。在全银河系的所有种族里，只有英国人能用这种方式复活一场颠覆宇宙的惨烈战争的记忆，将其变形成——我很遗憾这么说——一项被普遍视为沉闷和无聊得难以理解的运动。”

“虽说我本人还挺喜欢的，”他补充道，“但在大部分人眼中，你们在漫不经心之下就造了孽，搞出最最糟烂的坏品位。特别是用小红球打三柱门，实在太低级了。”

“喔，”亚瑟沉思着皱起眉头，表示他的认知突触群正在尽其所能理解这一点，“喔。”

“而这些人，”银辟法斯特的嗓音继续下潜，成了地下墓室般的喉音，他伸手指着正在走过身边的那群坂衰人，“就是一切的始作俑者，时间就在今晚。来，咱们跟上去，看清楚原因。”

三人悄悄走出树下，跟着那群快乐的人沿黑漆漆的山路前行。本能让他们在跟踪目标时蹑手蹑脚、潜踪匿影，但他们其实只是走在录制好的信息幻象之中，哪怕用靛蓝涂抹身体，再吹起次中音号，那些目标也不可能注意到。

亚瑟发现那群人里有几位唱起了另外一首歌。声音随着柔和夜风飘到耳边，这是一首甜美浪漫的慢歌，挣到的钞票能让麦卡特尼除了买下肯特郡和苏塞克斯郡，还可以给汉普郡开个好价钱。

“你肯定已经知道了，”银辟法斯特问福特，“接下来会发生什么吧？”

“我？”福特答道。“不知道。”

“你小时候没学过银河系上古史吗？”

“我的赛博盒子就在赞法德背后，”福特说，“非常容易分神。倒不是说我没学到任何让人目瞪口呆的东西。”

这时，亚瑟发现那群人正在唱的歌曲有个很古怪的地方。中间八个过渡小节，也就是能让麦卡特尼一举买下温彻斯特并将火热视线越过泰斯特河谷投向富饶的新森林地区的那八个小节，所配歌词相当奇特。作者提及约见女孩时，没有说“在月光下”或“头顶星空”，而是用了“在青草上”，这让亚瑟觉得有失平淡。他再次抬头仰望令人困惑的漆黑天空，顿时有了不寻常的感觉——此处必有关键，就等他去领会了。这使得亚瑟有了独自存在于宇宙间的感觉，他把这话说给福特和银辟法斯特听。

“没什么，”银辟法斯特略微加快步伐，“坂裘星的人从未想过‘我们独自存在于宇宙间’。有一大团尘雾星云包围着这里，明白吗？他们只有一个太阳，有人居住的行星也只有这个，此处又位于银河系最东端。由于有尘雾星云，因此天空中从未出现过别的东西。夜晚彻底漆黑，白天虽说有颗太阳，但太阳不能直视，所以他们也没有去看。他们几乎没有意识到天空的存在。就仿佛他们有个从一侧地平线到另一侧地平线伸展了一百八十度的盲点。”

“要明白，之所以在今晚之前他们从未想过‘我们独自存在于宇宙间’，是因为他们根本不知道宇宙的存在。直到今晚为止。”

他继续前行，留下话语在背后空中萦绕不去。

“想象一下，”他说，“从未想过‘我们独自存在’，只是因为你从未意识到还可以思考是否存在其他的存在方式。”

他接着继续前行。

“很抱歉，接下来即将发生的事情有点令人不安，”他补充道。

就在他说话的当口，福特和亚瑟发觉头顶一无所有的天空高处传来了极为尖细的呼啸声。他们警觉地抬头望去，但刚开始的一两个瞬间还什么也看不见。

亚瑟注意到前面那群人也听见了这怪声音，但他们谁也不知道应该怎么办。几个人惊慌失措地左看看、右看看，前看看、后看看，甚至还低头往地上看了。他们谁也没想到要向上看。

片刻之后，一艘飞船燃烧着的残骸呼啸落下，坠毁在他们站立之处半英里外的地方，这一刻的震惊和恐惧唯有身临其境方能领会。

有人说起“黄金之心号”时会压低嗓门，有人说起“小酒馆数学号”飞船时会压低嗓门。

还有许多人说起传奇巨船“泰坦尼克号”时会压低嗓门，这是一艘富丽堂皇、奢华豪贵的定期邮轮，几百年前从“制造托沃尔”这个伟大的造船小行星联合体起航[①]，他们的敬畏理由充足。

这艘飞船美得耸人听闻，大得惊世骇俗，装备比现在残存的历史（见“真实时间运动”条目下的注解）所记载的任何飞船都要令人愉快，但它运气太差，修建于不可能性物理学的草创时期，人们尚未完全理解这门艰深而难以捉摸的学问，或者应该说根本就没理解。

无知的设计者和工程师决定要植入不可能性场的原型产品，也就是说，这应该能保证飞船任何部分出毛病的概率都是无限不可能。

但他们没有意识到，由于所有不可能性计算的类倒数和循环性质，任何无限不可能的事情实际上都很可能立刻发生。

星际飞船“泰坦尼克号”安躺于纵横交错的竖立架之间，在激光灯的映照下，犹如一头搁浅的银色大角星超虚鲸，无数盏射灯在黑色星际深空的背景上织出了辉煌彩云，这场景漂亮得荒谬绝伦；但启程以后，飞船还没来得及发完第一条无线电信号——呼救的SOS——就突然遭遇了毫无理由的存在性

① 亚当斯曾设计过一款名为《星舰泰坦尼克》的电子游戏，特里·琼斯（Terry Jones）根据游戏撰写过同名小说。然而，游戏和小说中的“泰坦尼克号”从Blerontin星球起航，因此与这艘坠毁在坂裘星的是两艘飞船，在游戏中玩家若是引用了《银河系搭车客指南》系列小说中的台词，电脑会提示说你弄混了两个不同的宇宙。另外，《神秘博士》（*Doctor Who*）剧集的2007特别篇也有名叫“泰坦尼克号”的飞船，结局同样不幸。——译者

障碍。

然而，这个事件虽然见证了一种科学在婴儿期的惨痛失败，但也目睹了另外一种科学如何走上神坛。有决定性的证据表明，当时观看三维转播起航的人数多过了实际存在的总人口数，这个结论现在被视为观众调查科学历史上最伟大的成就。

同期另一个举世瞩目的媒体事件发生在几个小时之后，恒星伊思洛丁斯遭遇了超新星大爆发。环绕恒星伊思洛丁斯运行的行星上居住着——更准确地说，曾经居住着——全银河系大部分最主要的保险代理人。

然而，以上这些宇宙飞船，再加上此刻能想起来的其他伟大舰艇，例如银河舰队的诸战列舰——GSS 果敢号、GSS 大胆号、GSS 自毁疯狂号——尽管人们说起它们时会带着敬畏、自豪、狂热、挚爱、敬佩、后悔、嫉妒、怨恨等大多数众所周知的各种情感，但真正总是能激起发自肺腑的讶异感情的，则永远是“坂袭一号”，也就是坂袭人建造过的第一艘太空飞船。这不是因为它好得出奇，实情恰恰相反。

这是一堆近乎垃圾的疯狂造物，看着像是在谁家后院胡乱赶工造出来的，而事实上这正是它的诞生之地。这艘船让人讶异的地方不在于造得有多好(因为并不好)，而是它真的造了出来。从坂袭人发现还存在太空这么个东西，到坂袭星的第一艘宇宙飞船发射，中间只隔了差不多恰好一年时间。

福特 · 大老爷扣上安全带的时候心怀极度感激之情，因为这不过是信息幻象而已，所以他安全得很。换了真实世界，就算把全中国的米酒都给他，他也绝不可能踏上这艘船。“末期软骨病”是蹦进脑海的第一个词，接下来就是“不好意思，能让我下去吗？”

“这东西能飞？”亚瑟眼神凄凉，打量用绳子扎起来的管道和电线，狭窄的船舱里到处都点缀着这些东西。

银辟法斯特向他保证飞船能飞，保证他们都安全得很，保证接下来的事情非常有教育意义，一点儿也不让人痛苦。

福特和亚瑟决定放松下来，让自己痛苦一番。

“咱们为啥，”福特说，“不发个疯呢？”

他们前方是三名宇航员，宇航员当然没有觉察到他们的存在，理由很简单，因为他们根本不在现场。这三个人同时也是飞船的建造者。那天夜里他们在山路上唱着特别温暖人心的歌曲，大脑被附近坠落的外星飞船弄得稍微有点不对劲。他们花几个星期掏空了烧焦的飞船残骸，没有放过哪怕最微不足道的小小秘密，从头到尾一直唱着轻快活泼的掏飞船小调。他们据此建造了自己的飞船，这就是劳动成果。这是他们的飞船，他们此刻正在唱关于这艘飞船的小曲，表达成就和所有权的双重喜悦。合唱部分略有些心酸，讲述造船如何迫使他们在车库里熬夜赶工，无法在家陪伴妻儿，妻儿非常想念他们，不断前来报告小狗正在健康成长，以此让他们心情愉快。

噗，起飞了。

飞船咆哮着直冲天空，活像一艘明确知道自己在干什么的飞船。

“不可能啊，”隔了一会儿，福特说，他们从加速带来的休克中恢复了过来，飞船正在突破大气层，“不可能啊，”他重复道，“谁能在一年之内设计并建造出这么一艘飞船，再怎么心怀大志也不可能。我不相信。就算证明给我看，我也还是不相信。”他沉思着摇摇头，视线穿过一扇极小的舷窗，落向舱外的无尽虚空。

旅程接下来有好一阵子都平淡无奇，银辟法斯特快进跳过。

就这样，他们很快抵达了裹住坂袠及其太阳的空心球形尘雾星云的内侧边缘，这条周界像是占据了坂袠星系向外的一条运行轨道。

空间的质地和密度似乎在逐渐发生变化。黑暗如绳屑和涟漪般擦身而过。这种黑暗异常寒冷，断然而沉重，就是坂袠行星夜晚天空的那种黑暗。

黑暗的冰冷、沉重和断然攥住了亚瑟的心脏，他敏锐地体会到了坂袠宇航员的心情，他们的感受沉甸甸地悬在空中，仿佛一团强大的静电。此刻，他们身处于这个种族的认知范围的边缘。他们谁也没有揣测过这条界限之外的事物，甚至不知道外面存在任何可被揣测的事物。

尘雾星云的黑暗冲击着飞船。船内则是历史事件一般的寂静。他们历史性的任务是搞清楚天空的另一侧是否存在任何东西或任何地方，能为坠毁的飞船提供出处——也许是另外一个世界，尽管对于居住在坂袤天空下的那些封闭心智而言，这个念头既奇异又难以理解。

历史正在积蓄力量，准备送上新的一击。

单调的黑暗仍旧肆意掠过，还是那种断然包裹一切的黑暗。黑暗似乎越来越近，越来越厚，越来越重。忽然，黑暗消失了。

他们飞出了尘雾星云。

他们看见了——繁星似尘，夜空挂满了令人惊叹的宝石；他们心中唱起恐惧之歌。

他们继续飞了一段时间，对于蜿蜒流淌的银河而言仿佛动也不动，而银河对于无限延伸的宇宙而言也仿佛动也不动。接着，他们调转了船头。

“这个，必须消失，”坂袤宇航员启程返乡时这么说。

回家的路上，他们唱了许多旋律优美、发人深省的歌曲，主题涵盖了和平、正义、道德、文化、体育和家庭生活，还有消灭其他一切生命形式。

13

“事情是怎么样的，”银辟法斯特缓缓搅动人工建构的咖啡，因此同时搅动了实数和不实数之间、心灵和宇宙的交互感知之间的漩涡触面，从而形成了主观性隐式展开的重整矩阵，使飞船得以重塑时间和空间的概念，“你们都看见了。”

“看见了，”亚瑟说。

“看见了，”福特说。

“我该，”亚瑟说，“拿这块鸡肉怎么办？”

银辟法斯特严峻地瞥了他一眼。

“把玩之，”他说，“把玩之。”

他用自己那块鸡肉演示给亚瑟看。

亚瑟有样学样，鸡腿在银辟法斯特保证是五维的空间中移动，亚瑟感觉到数学函数如电流般穿过鸡腿时引发的轻微刺痛。

“一夜之间，”银辟法斯特说，“坂衾星的全部人口就起了变化，这些原先迷人、快乐、聪慧的……”

“……可也有些怪里怪气的……”亚瑟插了半句。

“……普通人，”银辟法斯特说，“变成了迷人、快乐、聪慧的……”

“……怪里怪气的……”

“狂暴仇外分子。简而言之，他们的世界图景容不下宇宙这个概念。他们就是接受不了宇宙的存在。因此，他们决定要迷人、快乐、聪慧地——如果你非得坚持的话，怪里怪气地——毁灭宇宙。你又怎么了？”

“我不是很喜欢这个酒，”亚瑟嗅着葡萄酒说。

“唉，退掉好了。这都是小酒馆数学的一部分。”

亚瑟照他说的办。他不喜欢侍者笑容的凹凸曲线，不过他本来就没喜欢过任何图表。

“我们这是去哪儿？”福特问。

“回信息幻象室，”银辟法斯特说着拿起一张纸巾的数学表达，擦了擦嘴，“下半场。”

14

“坂衮星的居民，”坂衮星战争罪审判法庭法官委员会的“博正特松”（博学、公正、特别放松）主席，至高裁判官帕戈大法官阁下，曾有言道，“呃，你知道的，这些家伙非常讨人喜欢，知道吧，不过凑巧想干掉所有人罢了。该死的，有些早晨起床时我也有同样的感觉。妈的。”

“好吧，”他把双脚搁在面前的长凳上，暂停片刻，从正装沙滩凉鞋上捻去一根线头，“所以，你恐怕不想跟这么一群人共享同一个银河系。”

这话不假。

坂衮人对银河发动了惊人攻势。成千上万艘坂衮战舰忽然跃出超空间，同时袭击了成千上万颗重要行星，首先掠夺发动下一轮进攻的关键物资，然后心平气和地彻底抹掉这些行星。

银河系当时正在享受难得的和平富足时期，像是走在牧场里被人打劫了似的不知如何是好。

“我是说，”帕戈大法官的目光扫过极度摩登（那是一百亿年前了，当时“极度摩登”指的是到处使用不锈钢和坑纹混凝土）和宽敞的法庭，“这些人只是偏执附体而已。”

这话同样不假，也是迄今为止唯一还算说得通的解释，否则坂袤人怎能以不可思议的速度追逐这个崭新的绝对目标——摧毁非坂袤的一切事物。

也只有这个理由能解释他们为何忽然间就掌握了建造成千上万艘飞船和几百万致命白色机器人所需的全部超科技。

这些机器人能让遇见它们的人吓得魂不附体——不过，在大多数情况下，这种惊恐都非常短命，体验到惊恐的人也是一样。它们是凶蛮残忍、心思简单、陆空两栖的作战机器，挥舞着可怖的多功能战棒，一挥之下建筑物被夷为平地，二挥之下喷出全毁灭辐射光束，三挥之下扔出各式各样的榴弹，从最小型的引火装置到足以干掉大型恒星的至屠级超核弹，林林总总不一而足。只消同时用战棒击打榴弹，就能以奇迹般的精度让榴弹飞过从几码到几十万英里的各种距离。

“好吧，”帕戈大法官继续道，“反正我们赢了。”他停下来，嚼了一小会儿口香糖。“我们赢了，”他重复道，“但这有什么了不起的呢？我是说，一个中等尺寸的银河系对抗一颗小不点行星，结果花了我们多少时间？法庭书记？”

“大人？”一位严肃的黑衣小个子男人站起身。

“小伙子，花了多少时间？”

“想说清楚具体花了多少时间，大人，存在一个小小的难题。时间和距离……”

“别紧张，伙计，马虎算算好了。”

“大人，我恐怕不能马虎，这事情太……”

“你就勉强说说吧。”

书记官大惊失色。很显然，和银河系绝大多数法律专家一样，他发觉帕戈大法官（或赞波·毕博鲁克斯一百零八之五，很难说清他的本名为啥是这个）相当让人沮丧。这厮无疑是个粗坯加流氓，似乎认为拥有了有史以来最精密的法律头脑就可以为所欲为——但非常可惜，他好像是正确的。

“呃，好吧，大人，非常粗略地估算一下：两千年，”书记官一肚子不高兴地嘟囔道。

“多少人化为乌有？”

“二十亿亿，大人。”书记官坐了下去。此刻若是给他拍一张水谱照片，肯定会发现他正在微微冒汽。

帕戈大法官再次扫视法庭，这里聚集着整个银河系行政机构的最高官员，依新陈代谢和风俗的各自不同，都换上了正式礼服或躯体。在防射线枪水晶玻璃墙背后，站着一小群坂裘人的代表，正在以冷静而彬彬有礼的憎恶视线看着聚集起来审判他们的外星人。这是法律史上最重要的一刻，帕戈大法官心知肚明。

他掏出口香糖，粘在座椅底下。

“那可是好大一堆尸首，”他静静地说。

法庭上冷峻的沉寂像是在印证这个观点。

“因此，如我所说，这些家伙非常讨人喜欢，但你恐怕不想跟这么一群人共享同一个银河系，只要他们还继续折腾下去就不行，除非他们能学会稍微放轻松一些。我是说，局势永远会这么紧张，对吧？砰，砰，砰，谁知道下次他们几时又要发起进攻？和平共处根本不可能，对吧？谁给我倒杯水，谢谢了。”

他往后一靠，若有所思地小口喝水。

“好吧，”他说，“听我说，听我说。事情是这样的，这些人呢，大家知道，有权保有自己的宇宙观。而根据这套宇宙观——必须说，对，是宇宙强加给他们的——他们的行为完全正确。听起来疯狂，但我认为诸位都会同意。他们信奉……”

他在法官牛仔裤的屁股口袋里摸出一片纸，读了起来。

“他们信奉‘和平、正义、道德、文化、体育和家庭生活，还有消灭其他一切生命形式’。”

他耸耸肩。

“我听过比这糟糕得多的，”他说。

他若有所思地挠挠腹股沟。

“喂——喔，”他说着又喝了一口水，随即把水杯举到光线下，皱着眉头打量。他把杯子转了一圈。

“我说，水里是不是有东西？”他问。

“呃，大人，没有，”拿水给他的法庭肃静员紧张起来。

“那就把水拿走，”帕戈大法官气恼道，“在里面放些东西。我有个点子。”

他推开水杯，向前探出身体。

“听我说，听我说，”他说。

解决方案堪称绝妙，大致如下：

坂衮行星将被永远封闭在缓时隔膜之中，里面生命体所经历的时间缓慢得几乎无穷无尽。隔膜会折射走全部光线，让坂衮行星不但隐形而且无法进入。隔膜从外部上锁，因此逃脱是彻底不可能的。

等宇宙的其他部分走到重点，等万事万物都迎来垂死的晚秋（当然了，审判时宇宙尽头这项举世瞩目的餐饮业投机生意尚未问世），生命和物质都不再存在，到了那个时候，坂衮行星及其太阳将离开缓时隔膜，就像坂衮人渴望的那样，在晦暗一片的无尽虚空中孤独地继续存在下去。

那道锁将安装在围绕隔膜缓慢运行的一颗小行星上。

钥匙将是银河系的象征符号——仨柱门。

没等法庭上的掌声平息，帕戈大法官已经和陪审团里一位颇为可爱的成员钻进了感应淋浴室，半小时前他给对方塞了张小纸条。

15

两个月后，赞波 · 毕博鲁克斯一百零八之五已经剪掉了银河政府牛仔裤的下半截，把判决所得巨额酬劳的一部分花在了躺在珠宝沙滩上，陪审团里那位颇为可爱的成员在给他的脊背做奎拉克廷精油按摩。这个姑娘来自雅伽云雾世界之外的苏尔芬尼安，皮肤好似柠檬牛奶，对法人[①]特别感兴趣。

“听说消息了吗？”她说。

“呜——啦——！”赞波 · 毕博鲁克斯一百零八之五说，若是身临其境，你肯定会明白他为啥要这么嚷嚷，只可惜信息幻象的磁带上没有记载，所有这些只有传言证据。

“没，”等让他高喊“呜——啦——”的事情过去，他又说。他稍微动了动身子，好捕捉到原始沃德行星三个太阳中第三个也是最辉煌一个的最初几束光线，这颗恒星正慢慢爬上美得荒谬的地平线，点亮天空的是已知最强大的日光浴力量之一。

芬芳微风溜溜达达地从平静的海面走向岸边，沿着沙滩逛了几步，再次飘回大海，琢磨着接下来该去哪儿。心血来潮之下，它决定重返沙滩，随后又飘回大海。

“希望别是好消息，” 赞波·毕博鲁克斯一百零八之五嘟囔道，“因为我觉得我恐怕忍受不了。”

“你对坂裘星的判决今天执行了，”那姑娘奢丽地说。说这么简单的话没必要如此奢丽，但她还是用上了这种语气，因为今天就是一个奢丽的日子。“我回船上拿精油的时候，”她说，“听收音机里说的。”

“嗯哼，”赞波说着把脑袋放回珠宝沙滩上。

“出事了，”她说。

“嗯——？”

“缓时隔膜刚上锁，”她说，然后停下片刻用奎拉克廷精油按摩，“就冒出来了一艘坂裘战舰，原以为是被摧毁了，但结果只是失踪而已。它冲上去企图抢钥匙。”

赞波猛地坐了起来。

“嘿！什么？”他叫道。

“没事，”她的声音能让宇宙大爆炸安静下去。“似乎打

---

① “法人”(legal body)的字面意思是“法律的躯体”。——译者

了一场短暂的战争。钥匙和战舰双双解体，被轰进了时空统一体。显然永远也找不回来了。”

她微笑着往指尖又抹了一些奎拉克廷精油。赞波放松下来，又躺了回去。

“你一两分钟以前是怎么做的来着？”他喃喃道。

“这个？”她说。

“不，不对，”他说，“那个。”

她又试了一试。

“这个？”她问。

“呜——啦——！”

你还是非得身临其境才行。

芬芳微风又从海上回来了。

一位魔法师沿着海滩踯躅而行，但谁也不需要他。

16

“没有什么会永远遗失，”银辟法斯特的脸被机器人侍者企图拿走的蜡烛映上了红光，“除了查尔斯姆大教堂。”

“什么大教堂？”亚瑟讶异道。

“查尔斯姆大教堂，”银辟法斯特重复道。“在我研究‘真实时间运动’的过程中，我……”

“什么大教堂？”亚瑟又问了一遍。

老人停下来，整理思绪，希望这是他的故事最后一次被打断。机器人侍者穿过时空矩阵，态度中堪称完美地融合了乖僻无礼和卑躬屈膝，一把抓住了蜡烛。他们已经收到账单，也已经就谁吃了烤空心粉和一共喝了几瓶红酒进行了令人信服的争论，亚瑟模糊地意识到，他们就这样成功地把飞船开出主观空间，进入了环绕一颗行星飞行的轨道。侍者急着想完成他在这场虚假游戏中的角色，开始清扫小酒馆。

“一切都将水落石出，”银辟法斯特说。

“什么时候？”

“一分钟以内。听着，时间流被污染得厉害，有很多垃圾漂在里面，漂浮物和投弃物，现在反刍回物理世界的垃圾也越来越多了。时空统一体上的漩涡，你明白吧。”

“听说过，”亚瑟说。

“听着，咱们这是往哪儿去？”福特不耐烦地把椅子从桌前推开。“我等不及要离开这里了。”

“我们正在去，”银辟法斯特用缓慢而有分寸的声音说，“防止坂袭战争机器人夺取整把钥匙，有了钥匙他们就能打开缓时隔膜，释放坂袭行星、剩下的机器大军和他们疯狂的主人。”

“你刚才不是说，”福特说，“有一场派对吗？”

“的确说过，”银辟法斯特答道，随后垂下了脑袋。

他意识到自己犯了错，因为派对这东西似乎对福特·大老爷的脑子有一种奇异而不健康的吸引力。银辟法斯特越是讲述坂袭星及其人民的黑暗悲剧，福特·大老爷就越是想狂喝滥饮和跟姑娘跳舞。

老人觉得他不该在非提不可之前提起那场派对。但话已出口，他无力挽回，而福特·大老爷死死抱住这个点子不放，都比得上大角星巨蛭对待受害者的架势了，接下来巨蛭会咬掉受害者的脑袋，开着他的飞船逃之夭夭。

“咱们，”福特急切地说，“几时能到那儿？”

“等我讲完咱们为什么要去那儿。”

“我知道咱们为啥要去，”福特把双手往脑袋后面一垫，身体往后一靠。他此刻露出的笑容能让观者抽搐。

银辟法斯特没想到退休生活会这么不轻松。

他原本计划学习吹奏八口咆哮颤抖管——怡神益性但注定徒劳无功，他明白这一点，因为他的嘴巴数目不对。

他还计划过要就赤道峡湾这个主题写一部专著，要写得稀奇古怪，极不准确，目的是在几个他眼中的重要问题上将读者引入歧途。

然而，事与愿违，他不知为何被人劝说接受了一份“真实时间运动”的兼职工作，这辈子头一回认真起来。结果却发现自己把飞速逝去的光阴耗费在了抗击邪恶和拯救银河系上。

他发觉这份工作让他筋疲力尽，于是重重地叹了口气。

“听我说，”他说，“在‘真时……’”

“在什么？”亚瑟说。

“真正时间运动，我等会儿会说到的。我注意到在相对最近的一段时间内有五块漂流物落回了现实世界，它们似乎正好对应着遗失钥匙的五块残片。其中我只追寻到了两块的具体下落，一个是木柱，看起来就出现在你那颗行星上，另一个是银横木，似乎在什么派对上。咱们必须赶在坂袭机器人之前拿到银横木，否则天晓得会发生什么事情。”

“不行，”福特坚定不移地说。“咱们必须为了狂喝滥饮和跟姑娘跳舞参加派对。”

“你怎么就是不明白我说的所有……？”

“我明白，”福特忽然出乎意料地抖擞起了精神，“我完全明白那些事情，所以我才想趁着美酒和姑娘还在，能喝多少就喝多少，能和多少姑娘跳舞就和多少姑娘跳舞。假如你给我们看的都是真的……”

“真的？当然是真的了。”

“……那我们的机会还比不上一只碰上超新星爆发的蛾螺。”

“一只什么？”亚瑟忽然跳了出来。他盯着两人的对话固执地跟到了这里，此刻非常不想再次跟丢。

“一只碰上超新星爆发的蛾螺，”福特毫不松劲地重复道。“那个……”

“蛾螺跟超新星有什么相干？”亚瑟说。

“不相干，”福特心平气和地说，“只是我们的机会还比不上它。”

他顿了顿，想知道是否澄清了事实。新一轮疑惑神情爬上亚瑟的脸庞，告诉福特他又失败了。

“超新星，”福特尽可能快、尽可能清晰地说，“是一颗恒星，以一半光速爆裂，燃烧出的光亮抵得上十万颗太阳，然后坍塌成一颗极重的中子星。超新星能焚毁其他星球，懂了吗？碰上超新星，谁也没有生存机会。”

“我明白了，”亚瑟问。

“那个……”

“那为什么特别是蛾螺呢？”

“为什么不能是蛾螺？有什么关系？”

亚瑟接受了这个解释，福特尽可能捡起先前的精神头，继续说了下去。

“重点在于，”他说，“银辟法斯特，你我这样的人，还有亚瑟，尤其是亚瑟，只是几个半吊子、二百五、懒骨头和——不好意思——放屁虫而已。”

银辟法斯特皱起眉头，部分因为困惑，部分因为不悦。他张嘴开始说话。

“——……”可惜只说出了这么多。

“我们没有执著于任何事情，明白了吗？”福特说得斩钉截铁。

“……”

“而这正是决定因素。咱们赢不了偏执。他们在乎，我们不在乎。他们必胜。”

“我在乎很多事情，”银辟法斯特说，他的声音在颤抖，部分因为气恼，但还有一部分是因为不确定。

“比方说？”

“呃，”老人答道，“生命，宇宙。说真的，一切。峡湾。”

“你会为它们献出生命？”

“峡湾？”银辟法斯特惊讶得直眨眼。“才不会呢。”

“那不就是了？”

“实话实说，我不明白你的重点是什么。”

“我还是搞不明白，”亚瑟说，“跟蛾螺有什么关系？”

福特能感觉到对话正在滑出控制，他拒绝在这个节骨眼上被任何事情分心。

“重点在于，”他咬牙切齿嗞嗞道，“我们不是偏执狂，我们的机会还比不上……”

“但你怎么突然对蛾螺有了执念呢？”亚瑟追问道，“这一点我还是不明白。”

“求你了，就别提蛾螺了好不好？”

“你不提我就不提，”亚瑟说。“是你挑起这个话题的。”

“都是我的错，”福特说，“忘了蛾螺吧。重点是这个。”

他倾身向前，把前额搁在指尖上。

“我刚才在说什么来着？”他疲惫不堪地说。

“咱们下去参加派对吧，”银辟法斯特说，“为了什么原因无所谓。”他摇着头站了起来。

“我觉得这正是我想说的话，”福特说。

出于某些莫名其妙的原因，远距传送室位于卫生间里。

17

时间旅行正越来越被视为一类威胁。历史正在遭受污染。

《大银河系百科全书》对时间旅行的理论和实践着墨甚多，但大部分内容对没有至少花了四辈子研究高等超数学的任何读者来说都犹如天书，由于在时间旅行被发明前你不可能花上四辈子研究高等超数学，因此这个点子一开始究竟是如何出现的，问题始终笼罩在团团迷雾之中。对谜题的理想化解释之一声称，有鉴于时间旅行的天然本质，时间旅行是同时在历史的各个时期被发现的，然而这显然是胡言乱语。

麻烦在于，现存历史的许多段落也显然是胡说八道。

试举一例。也许对有些人并不重要，但对某些人却生死攸关，不过无疑拥有重大意义，因为正是这个事件导致了“真实时间运动”的最初发起（或者该说最终？这取决于你眼中的历史朝什么方向推进，这个问题现在也越来越引发争议）。

有（或者说，曾经有）一位诗人，他名叫拉拉法，全银河系广泛认为他写出了有史以来最精致的诗篇，也就是《长地之歌》。

这些诗歌是（曾经是）难以形容的美妙篇章。这就是说，只要你开口形容它们，没说两句就会被激情、真理、完满和天人合一感彻底压倒，你很快就需要绕着街区步履轻快地走一圈，也许在回家路上还得去酒吧歇歇脚，飞快地喝上一杯洞察力加苏打水。这些诗歌就有那么好。

拉拉法曾经居住在艾法长地的森林中。他在那里居住，在那里写诗。他用干燥的哈不拉叶当纸写诗，既不仰仗教育，也不依赖修正液。他描述森林的光亮和由此而生的感受。他描述森林的黑暗和由此而生的感受。他描述离他而去的姑娘和由此而生的极为精致的感受。

作者死后多年，他的诗歌才得见天日，引来无数赞叹。消息如晨光般传播。几个世纪以来，这些诗歌照亮和滋润了许多人的生活，否则他们的生活肯定会更加黑暗、更加枯燥。

可是，时间旅行发明没多久，几家主要的修正液生产商开始琢磨：若是手头有了高品质的修正液，不知道他的诗歌会不会更好些；还有，不知道能否劝服他就所得效果说上一两句话。

他们驶过时间波浪，找到拉拉法，费尽唇舌解释情况，最后居然真的劝服了他。事实上，他们劝服得实在成功，结果让诗人在他们的帮助下变成了超级富豪，而那个若非如此就能激发他用无比精致的笔法描绘的姑娘始终没有找到机会离开他；而事实上，他们搬出森林，住进城里一套相当不赖的公寓，他经常和未来连线上闲聊节目，在节目中可谓妙语连珠、才华横溢。

当然了，他再也没找到机会写诗，这是个问题，但是个容易解决的问题。修正液生产商把他在什么地方关了一个星期，同时送去他在未来出版的诗集和一叠干燥的哈不拉叶，让他把诗歌抄在叶子上，抄写的时候还要故意弄错几个地方，然后用修正液改而正之。

现在有很多人说那些诗歌忽然变得一文不值了。其他人则争辩说诗歌原原本本还是原来的诗歌，哪里有什么变化？前面那些人说这不是重点。虽说他们也不确定重点在哪里，但非常确定不在这儿。他们发起了“真实时间运动”，努力阻止这类事情继续发生。运动发起后一周发生的事情更是巩固了他们的论点：新闻爆出查尔斯姆大教堂不单为了建造新的离子精炼厂遭到拆毁，精炼厂的建造所需时间委实太长，不得不沿时间轴向过去延伸，以确保离子生产能按时开工，使得查尔斯姆大教堂从一开始就根本没有被建造过。这座大教堂的风景明信片立刻成了无价之宝。

就这样，历史的许多段落已经永远佚失。“真实时间运动”宣称，正如方便快捷的旅行腐蚀了国与国、行星与行星之间的差别，时间旅行也正在腐蚀时代与时代之间的差别。“过去，”他们说，“现在简直成了外国。做的事情和这里毫无区别。”

18

亚瑟重新物质化，已成惯例的各种动作也伴之而来，其中包括了踉跄乱转、紧扣喉咙、猛按心口和狠掐四肢，每次令人憎恨而痛苦的物质化过程过后，每次他打定主意绝不习以为常的物质化过后，他都要放纵自己要这么一套。

他四下看看，寻找其他人。

其他人不在。

他再次四下看看，寻找其他人。

其他人还是不在。

他闭上眼睛。

他睁开眼睛。

他四下看看，寻找其他人。

其他人顽固地坚持着不肯出现。

他又一次闭上眼睛，准备再次重复这个彻底徒劳无益的活动，但这个时候，正因为他闭上了眼睛，大脑终于开始处理眼睛睁开时看见的东西，迷惑的皱眉表情爬上亚瑟的脸庞。

于是，他又一次睁开眼睛，想确认大脑认定的事实是否无误，皱眉的表情坚守原位。

即便有任何变化，那也是眉头皱得更深了，而且还牢牢地贴在了亚瑟脸上。如果这里真是什么派对，那也肯定是个非常糟糕的派对，糟糕得让其他所有人都离场了。他放弃了这条毫无裨益的思路。这里显然不是派对。这里是个岩洞，或者是迷宫，或者是条什么隧道——光线不足，没法看清。一切都暗沉沉的，那种湿乎乎、亮晶晶的暗沉沉。唯一的声响是自己呼吸的回音，这声音听起来很烦恼。他轻轻咳嗽，然后不得不听着细薄而朦胧的回声在绵延走道和漆黑斗室里逐渐远去，像是在什么巨大的迷宫里兜了一圈，最终沿着去时那些看不见的走道返回耳中，仿佛在说……“有事吗？”

弄出的响动无论有多细微，都会造成同样的效果，这让亚瑟神经紧张。他试着哼起欢快的小曲，但返回耳中时已经成了空洞的挽歌，他停了下来。

他的脑子里忽然充满了银辟法斯特所讲故事的图像。亚瑟隐约觉得会忽然见到致命的白色机器人悄悄走出暗处，杀死他。他屏住呼吸。机器人没有出现。他松了一口气。他不知道自己在期待什么。

然而，有什么人或者什么东西在等待他，因为这时黑洞洞的远处忽然亮起一个怪异的绿色霓虹灯标牌。

标牌静静地说：

你分神了

标牌一闪而灭，亚瑟完全不确定他是否喜欢标牌熄灭的方式。标牌熄灭时带着某种夸张的轻蔑姿态。亚瑟接着努力安慰自己，这只是想象力要了个荒谬的小花招而已。霓虹灯要么亮要么灭，取决于是否有电流通过。他告诉自己，怎么可能让两种状态之间的切换带上夸张的轻蔑姿态呢？尽管如此，他还是打着寒战，把自己紧紧地裹在了晨衣里。

黑暗深处的霓虹灯忽然亮了起来，但内容让人摸不着头脑，上面只有三个点和一个逗号。就像这样：

…，

只是由绿色霓虹灯拼成的。

亚瑟茫然不知所措地盯着看了一两秒钟，意识到霓虹灯想表示句子尚未结束，接下来还有话说。真是超乎人类的墨守成规，他想道。或者，最少也是非人类的墨守成规。

接着，两个单词补全了整个句子。

亚瑟·邓特。

他一阵天旋地转，好不容易稳住，又仔细看了一眼。标牌还是写着“亚瑟·邓特”，于是他继续天旋地转。

招牌再次一闪而灭，留下他在黑暗中呆呆眨眼，只有自己名字的红色残影在视网膜上不停跃动。

欢迎，标牌忽然说。

过了一会儿，它又补充道：

我想我没这个心情。

石块般冰凉的恐惧始终在亚瑟头顶盘旋，等待着下手的机会，此刻觉得时机来临，于是猛扑下来。亚瑟拼命想赶走它。他蹲伏下去，摆出一个警戒的姿势，他曾在电视上看见别人这么做，但那家伙的膝盖肯定强健得多。他用猎物般的眼神窥视黑暗。

“呃，哈啰？”他说。

他清清喉咙，又说了一遍，这次声音更响，而且去掉了“呃”字。走道深处似乎有人忽然敲响低音鼓。

他听了几秒钟，发觉那不过是自己的心跳声。

他又听了几秒钟，发觉那并不是自己的心跳声，而是走道深处有人在敲低音鼓。

大滴大滴的汗珠冒出额头，打点精神，一跃而下。他用一只手撑住地面，稳定住警戒的蹲伏姿势，这个姿势他保持得不是很好。标牌再次更换文字，这次说：

别紧张。

顿了顿，标牌又说：

要非常、非常惊恐，亚瑟 · 邓特。

这行字再次一闪而灭，再次把亚瑟抛给黑暗。他的眼睛都快蹦出脑壳了，亚瑟不确定是因为它们想看得更清楚，还只是妄图逃离现场。

“哈啰？”他又说了一遍，试图在声音里添加一丝粗鲁而好斗的骄横气息。“有人吗？”

没有回答，什么声音也没有。

这比得到任何回答都更能让亚瑟 · 邓特神经紧张，他开始后退，想避开那团让人害怕的黑暗。过了一会儿，他意识到这是因为在看过的所有电影里，主人公越是后退，越是急于避开面前想象中的恐怖之物，就越是有可能撞进从背后上来的那东西怀中。

想到这里，他忽然决定要以最快速度转身。

背后什么也没有。

只有黑暗。

这确实让他非常不安，亚瑟开始后退，避开黑暗，沿着刚才的路线返回。

这么退了一小会儿，他忽然发觉他正在退向他一开始后退想避开的那东西。

他忍不住要想，这么做肯定愚不可及。他决定最好还是沿一开始退却的路线继续后退，于是转了个身。

此刻的事实证明第二次冲动正确无误，因为有个丑恶得难以形容的怪物静悄悄地站在他背后。亚瑟的身体剧烈摇摆起来，因为皮肤想往一边跑，而骨头想往另一边逃，但大脑则在琢磨它更愿意从哪只耳朵爬出去。

“我敢打赌，你肯定没想到还会再次见到我，”那怪物说，亚瑟不由觉得这话说得有些奇怪，因为他从未见过这个家伙。之所以能肯定他从未见过这个家伙，原因很简单，那就是他每天晚上都还睡得着。这东西……这东西……这东西……

亚瑟冲着它眨了几次眼睛。那东西站得一动不动——的确有点儿眼熟。

可怖而冰冷的镇定感觉落在身上，他意识到他正在看一只家蝇高达六英尺的全息图。

谁知道会给他看一只家蝇高达六英尺的全息图呢？他听见的又是谁的声音呢？

这幅全息图栩栩如生得可怕。

全息图消失了。

“也许你更记得，”那声音忽然说，这声音低沉、空洞、恶意十足，听来仿佛融化的沥青汩汩流出装满邪恶念头的大桶，“我身为兔子时的模样。”

砰的一声，黑洞洞的迷宫中突然多了只兔子，这是一只硕大的兔子，柔软和可爱得惊世骇俗、骇人听闻——还是一幅全息图，但每一根柔软而可爱的毛发都像是生长在柔软而可爱的皮肤上，每一根都生机盎然。那双柔软而可爱的棕色眼睛极度巨大，眨也不眨，亚瑟惊讶地在上面找到了自己的倒影。

“生于黑暗中，”那声音隆隆如雷鸣，“长于黑暗中。那天早上，我头一次把脑袋探进光亮的新世界，却被感觉疑似燧石制造的原始工具敲得开了瓢。

“那工具是你制造的，亚瑟·邓特，挥舞工具的依然是你。就我所记得的，用的力气还相当大。

“你把我的毛皮做成口袋，用来存放有趣的小石头。我会凑巧知道这件事情，是因为我下辈子变成苍蝇飞了回来，却被你一巴掌拍死了。又是你！只是这次你拿来拍死我的口袋还是用我上辈子的毛皮做的。

“亚瑟·邓特，你不仅是个残忍冷血的人，还迟钝到了让人震惊的地步。”

亚瑟瞠目结舌，那声音顿了一顿。

“我注意到那个口袋不见了，”声音说。“大概是厌烦了，对吧？”

亚瑟无助地摇摇头。他想解释他其实非常喜欢那个口袋，一直悉心照料它，无论去哪儿都带在身边，但不知为何，每次他旅行去了什么地方，都会莫名其妙地换上一个错误的口袋；还有，非常古怪，就在说话当口，他才第一次注意到此刻身边的口袋不但像是质量非常低劣的假豹皮，而且根本不是不久前他抵达这鬼地方时的那个口袋，更不是他会选择带在身边的那种口袋，而既然不是他的，那老天才知道口袋里究竟装着什么，他多希望拿回自己最初的口袋啊，甚至它的组成部分也行，即：兔子皮，来自毛皮的原主人，也就是此刻他有幸试图与其展开徒劳对话的那只兔子。

但他能努力说出口的却只是“呃噗”一声。

“见见被你踩死的蝾螈吧，”那声音说。

话音刚落，一只巨大的绿色有鳞蝾螈就站在了走道里亚瑟旁边。亚瑟扭头一看，惊呼一声，往后一跳，发现自己站在了兔子的身体里。他又是惊呼一声，但找不到还能往哪儿跳了。

“那也是我，”声音用低沉而险恶的声音隆隆说道，“别假装你不知道……”

“知道？”亚瑟惊叫道。“知道？”

“转世的有趣之处在于，”那声音粗声粗气地说，“大部分人，大部分灵魂，都意识不到这事情正发生在自己身上。”

他停下来，营造气氛。就亚瑟而言，这里的气氛已经足够多了。

“我意识到了，”那声音嗞嗞地说，“或者说，我开始意识到了，慢慢地、逐渐地意识到了。”

他——无论他是谁——再次停下，喘了口气。

“怎么可能忍得住，你说啊？”他咆哮道，“同样的事情不停发生，一遍一遍又一遍！我活过的每一生，都死在亚瑟·

邓特手上。随便哪颗星球、哪个躯体、哪段时间，每次我才刚安顿下来，亚瑟·邓特就来了——噗，被他杀了。

“很难不注意到。这儿一个提醒。那儿一条线索。再泄露两句天机！

“‘真好玩，’每次我冒险进入人间，却总是徒劳无功地死在邓特手上，我的灵魂在飞回阴间的路上总会这么想，‘我蹦跳着过马路去最喜欢的池塘，碾死我的那家伙似乎有些面熟……’渐渐地，我拼凑起了记忆的残片，邓特，你这个多重杀我犯！”

回音在过道上轰然回荡。亚瑟默不作声地站在那里，浑身冰凉，不敢相信似的摇着脑袋。

“这一刻，邓特，”那声音尖叫道，恨意达到了狂热的顶峰，“这一刻我终于知道了真相！”

忽然在亚瑟面前张开的东西丑恶得难以形容，吓得他倒吸一口凉气，从喉咙深处发出咕噜咕噜的声音，请允许我试着描述一下那东西究竟有多丑恶：一个巨大的洞穴，湿乎乎的，还在不停颤动，里面有个硕大无朋、全身黏液、外表粗糙的鲸鱼状怪物在翻来滚去，不时滑过偌大的成排白色墓碑。在洞穴上方高处是一块宽大的隆起物，能看见上面有两个更加可怖的洞穴，黑乎乎、阴森森，那是……

亚瑟·邓特忽然意识到他在看自己的嘴巴，而他的注意力应该投向那只被活生生塞进嘴里的无助牡蛎。

他踉跄后退，尖叫一声，转开了视线。

再看过去的时候，可怖的景象已经消失。过道黑黢黢的，而且暂时悄然无声。他和自己的思绪单独相处。那些念头格外令人不快，都很需要监护人看管。

紧接着传来了一大段墙壁被推开时的低沉隆隆声，不过墙壁背后暂时只露出了一片沉沉黑暗。亚瑟端详那团黑暗的架势就好比老鼠端详黑洞洞的狗窝。

那声音再次对他发话。

“跟我说这只是巧合啊，邓特，”声音说。“你敢再跟我说这只是巧合吗？”

“这只是巧合，”亚瑟飞快地说。

“不是巧合！”那声音咆哮道。

“的确是，”亚瑟说，“真的是……”

“如果这只是巧合，那我就不叫，”声音怒吼道，“阿格拉贾格！！！”

“你想必，”亚瑟说，“要宣称这是你的名字了吧？”

“是的！”阿格拉贾格咬牙切齿道，就像他刚刚完成了一套相当有智慧的三段论。

“呃，很抱歉，但这依然只是巧合，”亚瑟说。

“进来，看你还敢不敢这么说！”那声音哀嚎道，忽然又狂怒起来。

亚瑟走进黑暗，说这只是巧合，更确切地说，他几乎说出了这只是巧合。亚瑟的舌头在奔向句尾的时候滑了一跤，这是因为灯光亮起，他看清了自己走进的这个地方。

这是一所憎恨的大教堂。

建造它的那个心灵不仅扭曲，简直扭得抽了筋。

很大，很可怖。

这里有一尊雕像。

咱们等会儿再谈雕像。

这个厅堂很大，大得不可思议，像是掏空了整座山的山腹，之所以会有这种感觉，因为它正是这么雕凿出来的。亚瑟呆站当场，瞠目结舌地看着厅堂，觉得它像是在绕着脑袋旋转，转得他恶心欲吐。

这里很黑。

但不黑的地方你却更希望它很黑，因为那些地方有不少突出展示的细部恶不堪言，而用来表达细部的颜色更是涵盖了整个扎眼色谱，从紫外暴到红外死样样不缺。

而用这些颜色突出展示的每个细部都是丑不堪言的滴水怪兽，足以让弗朗西斯·培根推迟午餐。

这些滴水怪兽的视线全都向内，从墙壁、立柱、扶壁、唱诗班座位上凝视着那尊雕像，那尊我们很快就要讲到的雕像。

若是说滴水怪兽能让弗朗西斯·培根推迟午餐，那么滴水怪兽的表情也说得很清楚了，雕像足以让它们推迟午餐，当然前提一方面是这些怪兽能活过来吃午餐——事实上不可能，另一方面还得有人尝试着奉上午餐——事实上也没有。

纪念墙四周是雕刻出的石板，用以缅怀在亚瑟·邓特手下遇难的生灵。

有些名字底下带了下划线，还打过星标。举例来说，有一头牛被屠宰，而亚瑟·邓特凑巧点了它身上的一客菲力牛排，这头牛就只雕刻了最朴素的名字；但有一条鱼是亚瑟·邓特亲手捕获的，但他不喜欢，留在了餐盘边缘没吃完，名字底下就有双下划线，还加了三组星标和一柄滴血匕首作为装饰以声明重点。

除了我们正逐步走近的那尊雕像之外，此处最令人胆寒的地方就在于一个非常明显的暗示：这些人或生物确实是同一个人，确实是他一遍又一遍的转世。

同样明显的是，尽管或许有失公平，但这个人的气愤和恼怒都达到了顶点。

事实上，我们可以说，这份恼怒已经达到了宇宙间前无古人后无来者的地步。这是史诗尺度的恼怒，是熊熊烈焰般的恼怒，用它无穷尽的怨恨覆盖了全部时间和空间。

这份恼怒在整个恐怖场景正中央那尊雕像身上得到了最完满的表达，那是亚瑟·邓特的雕像，不折不扣地描述了他的全部缺点。雕像足有五十英尺高，没有哪一英寸没有塞满对其刻画对象的侮辱，而五十英尺这种东西也足以让任何对象郁闷了。从鼻翼上的小面疱到剪裁粗劣的晨衣，亚瑟·邓特身上没有哪个方面未曾遭受雕刻者的鞭笞和污蔑。

亚瑟被塑造成了一个戈耳工[①]，一个邪恶而贪婪的残忍食人魔，连死人都不肯放过，在单独一个无辜受害者的宇宙里辗转屠戮。

雕刻者在一阵美学思潮的驱使下，决定赋予雕像三十条胳膊，这三十条胳膊要么在给兔子开瓢，要么在拍死苍蝇，要么在拉扯许愿骨，要么在摘头发里的虱子，要么在做亚瑟乍看之下搞不太清楚的什么事情。

他的许多只脚大部分在踩蚂蚁。

亚瑟用双手遮住眼睛，垂下脑袋，缓缓地左右摇头，这些事情的疯狂之处让他又是悲哀又是恐惧。

等他再次睁开眼睛，面前就站着那个人，或者生物，或者管他是什么，反正就是据信一直遭他戕害的那一位。

“喝——啊——喝——！”阿格拉贾格说。

他，或它，或管他是什么，看着活像一只疯狂的肥蝙蝠。他摇摇晃晃地绕着亚瑟转圈，不时用弯曲的钩爪戳戳亚瑟。

“你看……！”亚瑟抗议道。

“喝——啊——喝——！”阿格拉贾格解释道，亚瑟不情愿地接受了他的解释，因为他被这个丑恶难当、凄惨绝伦的怪

---

① 戈耳工(Gorgon)：在希腊神话中，是一伙长有尖牙，头生毒蛇的妖怪，亦译蛇发女妖。——译者

物吓呆了。

阿格拉贾格漆黑浮肿，浑身褶皱，革质皮肤。

他的蝙蝠翅膀是一双可怜兮兮、破破烂烂的笨拙玩意儿，不知为何反而更加吓人，这双翅膀若是肌肉强健、能搏击长空，估计就没这么可怕了。之所以吓人，多半是因为他抵抗住了一切自然法则，顽强地继续生存了下去。

他的一口牙齿委实惊心动魄。

每一颗都像是来自一种完全不同的动物，排满了整张嘴巴，横七竖八的角度好不诡异，若是他真的动过咀嚼任何东西的念头，恐怕早就割裂了半张脸，有可能还得搭上一只眼睛。

他有三只眼睛，虽小但都炯炯有神，精神正常程度堪比女贞丛里的一条鱼。

“我当时在看板球比赛，”他粗声粗气地说。

这么一只生物忽然说出这么一句话，显而易见的荒谬感让亚瑟真的岔了气。

“不是这具身体，”怪物尖叫道，“不是这具身体！这是我最后的身体，我最后一次转生。这是我的复仇身体。专门用来杀死亚瑟·邓特的身体。我最后的机会，是我千辛万苦才搞到的！”

“但是……”

“我当时，”阿格拉贾格说，“在看板球比赛！我心脏不好，但我对老婆说，看个板球比赛能发生什么呢？可就在我看球的时候，你猜猜发生了什么？

“两个人就在我面前凭空出现了，简直存心不良！我可怜的心脏吓得停止了跳动，可最后不由自主地注意到了什么？亚瑟·邓特，胡子里还插着根兔子骨头。请问这是巧合吗？”

“是啊，”亚瑟说。

“巧合？”怪物嚎叫道，扑扇着破破烂烂的翅膀，样子让人看了就痛苦，一颗格外下作的牙齿在右脸上剜出一条短而深的伤口。尽管他一直想努力避免这么做，但仔细端详之下，亚瑟注意到阿格拉贾格的脸上乱七八糟到处都是黑色创可贴。

他紧张地退了两步，扯扯胡须，惊恐地发现那根兔子骨头居然还在原处。他掏出骨头，随手抛开。

“你看，”他说，“这只是命运在捉弄你。还有我。捉弄咱们俩。这完全是巧合。”

“你对我有什么不满吗，邓特先生？”怪物嗥叫道，摇摇摆摆地逼近他，步态看了让人伤心。

“没有，”亚瑟坚持道，“绝对没有，真的。”

阿格拉贾格用又圆又亮的眼睛瞪着他。

“这么对待一个你没有任何不满的人可真是奇怪，一遍遍把他杀了又杀。要我说，这种社会关系够稀奇的。我还会说，这是——撒谎！”

“可你看啊，”亚瑟说，“我非常抱歉。咱们的误会实在太厉害了。我得走了。你有表吗？我得去帮忙拯救宇宙。”他又往后退了几步。

阿格拉贾格继续逼近。

“有一回，”他带着齿音说，“有一回，我决定放弃了。是的，我不转世投胎了，就待在阴间算了。可你猜猜，接下来怎么了？”

亚瑟胡乱摇头表示他完全没想法，也不想有任何想法。他发觉自己已经退得靠住了一块冰冷的黑色石头，这块石头被人费了海格力斯般的力气雕成他的一只卧室拖鞋，庞大得畸形，歪曲得可笑。他抬头瞥了一眼耸立头顶的那尊自己的戏仿巨像。他还没搞清楚其中有一只手到底算是在干什么。

“却被一把扯回了物质世界，”阿格拉贾格继续说，“转世成了一捧牵牛花——必须补充一下，装在一个花盆里。我这段特别开心的短暂生命是从半空中的一个花盆里开始的，距离一颗特别贫瘠的星球的表面有三百英里。大自然中的这个位置实在撑不住一盆牵牛花的体重，你肯定是这么想的，对吧？你想得没错。这条生命没几分钟就在三百英里下的地面上结束了。哦，必须补充一点，结束在一条刚摔烂的鲸鱼身上，那条鲸鱼是我的灵魂兄弟。”

他带着新生的恨意不怀好意地看着亚瑟。

“掉下去的路上，”他咆哮道，“我不由自主地注意到了一艘亮闪闪的白色飞船。猜猜看，是谁正趴在这艘亮闪闪的飞船的舷窗往外张望？正是一脸洋洋得意的亚瑟·邓特！还是巧合？！！”

“是的！”亚瑟吼道。他又抬头瞥了一眼，明白了那条让他大惑不解的胳膊究竟在干什么：正在凭空创造一盆注定要遭遇不测的牵牛花。这可不是一个很容易看懂的概念。

“我必须得走了，”亚瑟坚持道。

“没问题，”阿格拉贾格说，“等我先杀了你。”

“不行，这没有任何用处，”亚瑟解释道，他开始爬上自己那只雕刻的拖鞋，“因为我必须去拯救宇宙，明白吗？我必须找到银横木，这才是重点。要是死了，那可就困难了。”

“拯救宇宙！”阿格拉贾格轻蔑啐道。“你和我开始结下血仇之前怎么没想到要拯救宇宙！还有你在斯塔夫罗慕拉贝塔的那一次，有人……”

“我从没去过那儿，”亚瑟说。

“……想暗杀你，你躲了过去。请问子弹击中了谁？猜猜看啊？”

“我从没去过那儿，”亚瑟重复道。“你到底在说什么啊？我必须得走了。”

阿格拉贾格拦住他的去路。

“你肯定去过。你要对我的那次死亡负责，你要对我的每一次死亡负责。一个无辜的旁观者啊！”他的声音气得发颤。

“我从没听说过那地方，”亚瑟坚不改口。“也肯定没有谁企图暗杀我。你除外。也许我以后会去，有可能吗？”

阿格拉贾格缓缓地眨起了眼睛，像是被此中逻辑吓了个动弹不得。

“你没去过斯塔夫罗慕拉贝塔……还没去过？”他低声说。

“没有，”亚瑟说，“我对那地方一无所知，肯定没去过，也没有要去的计划。”

“喔，你终究还是会去的，”阿格拉贾格用支离破碎的声音喃喃道，“终究还是会去的。他妈的！”他踉跄后退，疯狂地扫视着这间仇恨大教堂。“我带你过来得太早了！”

他又叫又吼。“我带你过来得太他妈的早了！”

他忽然鼓起精神，把一只充满恶意和仇恨的眼睛转向亚瑟。

“我反正还是要杀了你！”他咆哮道。“不管这在逻辑上多不可能，我都要他妈的试试看！我要把这整座山炸上天！”他尖叫道，“邓特，看你这次能不能逃掉！”

他用痛苦的蹒跚步态摇摇晃晃地冲上像是黑色小祭坛的地方。此刻他嘶喊得太过狂野，脸孔被割得一塌糊涂。亚瑟从自己雕像脚背上的高处一跃而下，跑过去，想按住这个已经疯了四分之三的怪物。

他扑到阿格拉贾格身上，把畸形怪物撞倒在祭坛顶端。

阿格拉贾格再次尖叫，拼命扑腾了一小会儿，然后把一只癫狂的眼睛转向亚瑟。

“你知道你干了什么吗？”他痛苦地挤出咯咯的声音。“你又杀了我一次。我说，你到底想从我这里得到什么？鲜血吗？”

他又像中风似的短暂地抽搐几下，颤抖着瘫软下去，正好按住了祭坛上一个硕大的红色按钮。

亚瑟吓得魂不附体，一开始显然是因为他的所作所为，接着则是由于警笛和警钟声忽然震耳欲聋地响了起来，闹哄哄地宣告着什么紧急状况。他疯狂地扫视四周。

唯一的出口似乎就是他进来的那条路。他奔了过去，边跑边抛开了那个劣质假豹皮口袋。

他像没头苍蝇似的乱闯，左一步右一步地穿行于迷宫之中，背后的汽笛声、警笛声和闪光似乎追得越来越紧了。

他转过一道弯，前方忽然有了亮光。

那光没有闪动。那是阳光。

19

据说在我们这个银河系里，只有地球才觉得坂袭（或板球）这个主题适合变成运动项目，也正因为这一点，大家才对地球避之不及。然而，在某些更高的维度，那里的居民多多少少更能自得其乐，他们一直在玩一种名叫“貜式超板球”的运动，按照他们的超维度单位折算，已经玩了几十亿年。

“别嫌我说得难听，这是一种下作的运动，”（《银河系搭车客指南》说）“但任何去过更高维度的人都知道，上面住着的都是些不开化的野蛮人，活该给砸烂弄死，咱们要是谁能想出办法，朝与现实垂直的方向发射导弹，也肯定能把他们砸烂弄死。”

这是又一个例证，证明任何人只要愿意从街道拐进大楼去遭受剥削，《银河系搭车客指南》就应该雇佣他，特别是他们凑巧在午后拐进大楼的话，因为此时很少有正式员工在办公室里。

这里有一个基本要点。

《银河系搭车客指南》的历史属于那种理想主义的历史，有挣扎，有绝望，有激情，有成功，有失败，还有长得难以想象的午餐休息时间。

《指南》的最初起源已经连同大部分财务记录遗失在时间的迷雾之中。

关于它们遗失在了哪儿，另有一些更加有趣的理论可以解释，见下文。

不过，大部分存活至今的传说都会提到创始《指南》的编辑赫林·佛洛特米格。

据说，赫林·佛洛特米格创始了《指南》，把诚实和理想主义设为基础原则，然后就破产了。

接下来是许多年的贫困潦倒和自我检讨，在此期间，他向朋友咨询，坐在黑洞洞的房间里，沉溺于非法的心境之中，琢磨琢磨这个，思忖思忖那个，鼓捣鼓捣重量；有一天，他偶然发现了乌冬的圣午饭修道会(它们声称既然午餐位于每个人的每一天的正中央，而每个人的每一天又可视为其灵性生命的类比物，因此，午餐应该：第一，被视为其灵性生命的中心；第二，去惬意的好馆子享用)，于是乎，他重新创始了《指南》，放弃了作为基本原则的诚实和理想主义，并且规定了可以把这两样东西塞到哪儿去，接着就领导《指南》迎来了它的第一次商业大成功。

他同时也开始探索并拓展了编辑午餐休息时间这个角色，它后来在《指南》史上扮演了极为至关重要的角色，因为这意味着大部分实际工作都靠陌生人凑巧在午后时分走进空荡荡的办公室，发现有事情值得去做而完成的。

这次大成功过后不久，《指南》被小熊星座贝塔星的超级渡渡鸟出版公司收购，让整件事情有了坚实的财务保障，第四任编辑小力格·卢睿得以痛下重手，把午餐休息时间拉到令人惊心动魄的长度，相比之下，就连最近几代开始为慈善事业承办厂商赞助午休的编辑，他们的所谓努力也不过是小菜一碟了。

事实上，力格从没有正式辞去编辑职位——他只是某天临近中午的时候离开办公室，再也没有回来而已。尽管时间已经过去了一个多世纪，但《指南》有许多员工还抱着罗曼蒂克的幻想，他不过是溜出去买个火腿羊角面包而已，迟早会回来结结实实干一下午苦工的。

严格来说，小力格·卢睿之后的所有编辑因此都仅有执行编辑的头衔而已，而力格的办公桌还保留着他离开时的原样，只是加了一小块牌子，上面写着："小力格·卢睿，编辑，失踪，据信已饱。"

有些非常居心叵测的破坏分子暗示说，力格实际上死在了

《指南》使用或然手段记账的最初几次非凡试验之中。其中内情很少泄露，更少被提及。随便哪颗行星，只要《指南》曾在那里设立过会计部门，很快就会毁灭于战争或自然灾害，而任何人哪怕觉察到——就别说唤起公众注意了——这个奇怪但彻底巧合且毫无意义的事实，都一定会被诉讼轰成碎渣。

有一个非常有趣但绝对毫无关联的事实，那就是在行星地球被摧毁给新超空间旁道让路的前两三天内，那里的 UFO 目击事件忽然有了戏剧性的爆发，不单单是伦敦圣约翰林劳德板球场上空，萨默塞特的格拉斯顿伯里上空也是一样。

格拉斯顿伯里[①]，自古以来就和远古王座、巫术、风水线和疣子治疗术脱不开关系，后来又被《搭车客指南》选中，建立了新的财务记录办公室。没错，沃贡人抵达前几小时，十年来的财务记录都被转送到了城外的一座魔法山丘上。

这些事实，无论多么离奇，多么难以理解，都不会比更高维度玩的獾式超板球的规则更加离奇，更加难以理解。完整的全套规则实在太复杂了，历史上它们只有一次被装订成册，结果引发了重力坍塌，化为一个黑洞。

大致纲要列举如下：

规则一：至少多长三条腿。这三条腿你用不上，但会让观

① 格拉斯顿伯里(Glastonbury)历史悠久，从新石器时代就有人类居住，有诸多与亚利马太人约瑟、圣杯和亚瑟王相关的传说，更有小说作家认为这里就是阿瓦隆。——译者

众开心。

规则二：找到一位优秀的獾式超板球选手。克隆几次。能省去许多冗长乏味的挑选和训练时间。

规则三：把你的队伍和对手的队伍放在一块大场地里，然后围绕他们建起高墙。

之所以要这么做，是因为尽管这项运动能引来如云观众，但无法切实看到现场情况的挫折感会让他们把赛事想象得比实际上精彩许多。比起看完一场相当单调的比赛，相信自己错过了运动史上最跌宕起伏的大事件无疑更能唤起众人对生命的认同感。

规则四：把许许多多、各种各样的运动器材抛过墙头扔给选手。随便什么都行：板球拍、方垒球棒、网球拍、滑雪板——只要是能用力挥舞的东西就行。

规则五：选手此刻应拿起任何能找到的器具，开始竭力四处出击。一名选手“击中”另一名选手得分后，他应立刻跑远，在安全距离之外道歉。

道歉应该简洁而诚恳，并通过扩音器发送，以达到最清晰的效果并得到最多的分数。

规则六：首先获胜的队伍就是胜利一方。

好玩的是，更高维度的居民越是痴迷于这项运动，实际举行的比赛就越是减少，这是因为大部分参与竞争的队伍现在都互相打起了旷日持久的战争，缘由是他们对以上规则的理解各自不同。这其实是皆大欢喜的结局，因为就长远角度看，比起一场拖拖拉拉的獾式超板球比赛，一场货真价实的战争带来的心理创伤要少得多。

20

亚瑟沿着山坡飞奔，气喘吁吁，忽然感觉到脚下的庞然大山整个儿微微一动。隆隆声和呼啸声传入耳中，周遭景物有点模糊，从背后上方远处还飘来一丝热气。他吓得狂奔不已。大地开始滑动，他突然感觉到了“滑坡”二字所蕴含的力量，他从未如此清晰地理解过这个词语。“滑坡”以前始终只是一个单词而已，但他此刻忽然惊恐地意识到，“滑”对于“坡”而言是一件多么奇异而又令其厌恶的事情。山坡连同正在上面的他一起滑动起来。恐惧和摇撼让他非常难受。地面在滑动，大山在滑移，他脚下一滑，他倒下了，他站起来，他脚下又一滑，站稳了接着跑。山崩随即开始。

先是石子，接着是石块，然后是巨砾，像笨拙小狗似的雀跃而过，但体积要大得多得多，质地要硬得多得多，分量也重得多，若是落在身上，无疑会叫你即刻丧命。他的视线随着石头舞动，双脚随着舞动的地面舞动。他奔跑得就好像奔跑是一种让人汗流浃背的恐怖疾病，心脏随着四周地面嘭嘭的狂暴韵律怦怦跳动。

眼前处境的逻辑是这样的：他显然会活下来，因为他无意间戕害阿格拉贾格的史诗还将继续，已有预兆的事情注定会发生。可是，这套逻辑在此刻却完全没能渗入他的脑海，也未能施加任何控制力量。对死亡的恐惧占据了他，垫在他的脚下，趴在他的身上，死死揪住他的头发，逼着他奔跑。

他脚下忽然又一滑，被巨大的冲力朝前甩了出去。但就在他即将以惊人力量撞击地面的时候，却发现面前有个小小的海军蓝手提包，他记得很清楚，这个小包十多年前(以他本人的时间线衡量)遗失在了雅典机场的行李领取系统里，惊愕之下，他完全错过了地面，在半空中载浮载沉，大脑叽里咕噜地唱起小曲。

他在做什么？他在飞翔！他在讶异中四处张望，但毫无疑问，他就是在飞翔。身体没有哪个部位与地面接触，甚至没有任何一个部位在接近地面。他就那么飘在半空中，巨石在周围嗖嗖飞过。

现在他有办法应对了。他不费吹灰之力就又飘得高了些，这让他小吃一惊；巨石在他身下嗖嗖飞过。

他带着十二万分的好奇向下看。他和颤抖地面之间已经有了三十英尺空空如也的空间，说空空如也，是因为嗖嗖飞过的巨石并不停留太久，可以忽略不计；这些巨石都被重力定律的铁爪揪回地面，但忽然之间，同样的定律似乎放了亚瑟一马。

凭着自我保护意识在脑子里灌输的本能正确性，亚瑟几乎马上想到了一个问题：他绝对不能去思考飞行，只要一思考，重力定律就会忽然朝他投来锐利的目光，随即逼问他究竟以为自己在上面干什么，然后一切就都没戏了。

于是，他想起了郁金香。很难，但他还是做到了。他想着郁金香圆滚滚、紧绷绷的下半截，想着各种各样、引人入胜的花瓣颜色，琢磨着在地球上有多少(或有过多少)郁金香开在风车周围方圆一英里内。过了一阵子，他很危险地厌烦了这条思路，感觉到身下的空气在不停滑走，感觉到他正在飘向弹跳巨石的前进路线，而他费了那么大力气不去想那件事情；于是，他想了一小会儿雅典机场，雅典机场很有效地让他气恼了差不多五分钟——五分钟过后，他惊讶地发现自己飘在距离地面大约两百码的半空中。

他思忖片刻该如何返回地面，但马上逃离了这片思考区域，尽量平稳地评估眼前局势。

他在飞。他准备怎么办呢？他又看了看地面。他没有仔细看，而是尽其所能地在地面经过时随意瞥了一眼。他忍不住注意到了两件事情。其一，爆发的大山似乎已经耗尽了力量——距离山巅不远处有一个环形坑，多半是岩洞教堂顶上的石头塌下去，砸碎了亚瑟本人的雕像和备受折磨的可怜虫阿格拉贾格。

其二，他的手提包，他在雅典机场遗失的那个手提包，傲然端坐于一片空地之上，虽然周围都是冲力耗尽的巨石，但显然没有被任何石块砸中。个中原因他无从揣测，但手提包出现在这里本就不可能到了极点，所以亚瑟也没有足够的动力去揣测一二。重点在于，手提包就在那里。劣质假豹皮口袋似乎已经消失了，这虽然难以解释清楚，但亚瑟觉得也挺好。

他面对的问题是他必须去捡起手提包。此时此刻，亚瑟飞在半空中，距离他连名字也记不起来的外星地表足有两百码。然而，他就是无法忽视那小东西的凄楚神态，在这个远隔已经化为尘埃的家园许多光年的地方，手提包就代表着他过去的生活。

更有甚者，亚瑟意识到，手提包如果还保持着遗失时的原样，那里面就装着全宇宙剩下的最后一罐雅典橄榄油。

他慢而又慢、小心翼翼、一英寸一英寸地开始向下摆动，身体轻轻地左右摇摆，活像一页神经紧张的纸摸索着飘向地面。

进展顺利，他感觉不错。空气撑住他的体重，但同时也允许他穿而过之。两分钟后，他在手提袋上方仅仅两英尺处盘旋，面临颇为艰难的抉择。他在那里微微起伏。他皱起眉头，但只是尽可能轻地皱起眉头。

如果捡起手提袋，他能带得走吗？多出来的重量搞不好会把他径直扯回地面。

也许只是触摸地上的东西，把他托在半空中的神秘力量就会忽然消失？

也许此刻最好还是应该恢复理智，离开半空，回到地面呆上一时半会？

如果这么做了，他还再能飞起来吗？

若是允许自己去留意的话，飞翔实在让人既镇静安宁又心醉神迷，想到要失去这种感觉，甚至有可能永远失去，他就无法忍受。有了这份担忧，他又朝上多飘了一点儿，完全只是为了品尝一下飞翔的感觉，体会一下飞翔是多么令人惊叹而又毫不费力。他在空中浮沉。他试着做了一次小小的俯冲。

俯冲棒极了。他把双臂展开在身前，头发和晨衣在背后飘舞，他从天空直冲而下，腹部贴着地面上方两英尺的空气滑行，然后再次向上一摆，在摆动路线的顶端停下。就这么停在半空中，待在那里不动。

感觉美极了。

他意识到，这正是捡起手提包的好法子。俯冲下去，在回旋的最低点抓住手提包。他能把它带上天。也许会有点儿摇晃，但他确信自己稳得住。

他又试着俯冲了一两次，动作越来越熟练了。空气扑在脸上，身体随着气流弹跳摇摆，加起来陶醉了他的精神，他很久没有过这种感觉了，自从……自从——好吧，就他所能记得的，自从他出生以来就没有过。他随风飘荡，打量底下的山野，却发觉相当难看。大地一副受了劫掠的荒芜模样。他决定不再多看，捡起手提包就……他不知道捡起手提包后打算干什么。他决定先捡起手提包，然后见招拆招好了。

他顶着风衡量了一下，向上略作爬升，转过身。他飘在这团风上。亚瑟没有意识到，但他的躯体正在剧烈抖动。

他钻到那股气流底下，一低头——俯冲了下去。

空气擦过身边，他颤抖着飞了下去。大地犹犹豫豫地晃动片刻，这才打定主意，平稳地起身迎向亚瑟，奉上那个手提包，皲裂的塑料把手直奔亚瑟而来。

俯冲到一半，他忽然无法相信自己竟然在飞，险情接踵而至，他差一丁点儿就真的不在飞了，但他及时稳住阵脚，掠过地面，伸出一条胳膊，平滑地穿过手提包的把手，开始向上爬升，却未能成功，一下子摔在乱石嶙峋的地面上，鼻青脸肿，浑身颤抖。

他马上踉跄着爬了起来，绝望地左右摇摆，胡乱挥舞那个手提包，悲哀和失望让他痛苦万状。

他的双脚忽然牢牢地粘在地面上，恢复了平时的模样。笨重的身体活像一口袋马铃薯，摇摇晃晃、跌跌撞撞地在地面行走，精神不比一包铅块更加轻盈。

他垂头丧气，踯躅蹒跚，痛苦得头晕眼花。绝望之下，他试着奔跑，但两条腿忽然软弱无比。他绊了一下，摔向前方。就在这时，他记起已经回到身边的手提包里除了那罐希腊橄榄油，还有一瓶免税的松香葡萄酒，这个念头让他惊喜交加，结果至少有十秒钟才意识到自己又飞了起来。

解脱、欢愉和纯粹的肉体快乐让他欢呼啸叫个不停。他在半空中又是俯冲又是回旋，又是滑行又是急转。他无耻地坐在一股上升气流上，翻看手提包里的物品。按照他的想象，天使在针尖上跳起著名的舞蹈，接受哲学家清点数目的时候，大概也就是这种感觉吧。他高兴得哈哈大笑，因为他发现手提包的确装着橄榄油和葡萄酒，还有一副碎裂的太阳镜、一条满是沙粒的游泳裤、几张起皱的圣托里尼岛明信片、一条难看的大毛巾、几块有趣的小石子和乱七八糟的纸片，想到再也不会遇见纸片所记地址的主人，他不由松了口气，尽管不会遇见他们的理由着实令人悲哀。他扔掉石子，戴上墨镜，让风卷走那些纸片。

十分钟以后，亚瑟正懒洋洋地穿过一朵云，一个声名极度狼藉的大型鸡尾酒会撞上了他的腰眼。

21

史上持续时间最长、最具破坏性的派对已经进入了第四个世代，客人仍旧没有流露出半丝去意。的确有人看过一次手表，但那是十一年前的事情了，况且也没有了任何下文。

场面可真是混乱到了极点，非得亲眼见到才能相信，但如果你不是非得相信不可，那就还是别跑去看了，因为你肯定不会喜欢。

近来云团里常有闪光和轰隆隆的响声，有人推测说那是几家互相竞争的地毯清洁公司在打仗，这些公司像秃鹫似的在派对上空盘旋，但你不该相信在派对上听来的闲话，尤其是在这个派对上听到的任何消息。

这个派对问题很多，其中有一个显然正在持续恶化，那就是派对上的所有人都是刚开始不肯离开派对的那些人的子女、孙子女或曾孙子女，由于选择育种、基因退化以及等等原因，这意味着此刻派对上的所有人要么是彻底狂热的派对魔头，要么是胡言乱语的低能弱智，要么横跨两类——而最后这种情况正变得越来越普遍。

不管怎样，这都意味着，从基因学角度说，每一代都比上一代更不愿意离开派对。

于是，算式中就出现了其他的因子，比方说酒水何时将会耗尽。

不过，由于曾经发生过一些听起来像是好主意的事情（永不结束的派对的问题之一就是只有在派对上听起来像是好主意的点子会始终听起来像是好主意），要等酒水耗尽似乎还早着呢。

当时听起来像是好主意的点子之一是派对应该飞上天——不是普通意义上所说派对就该热闹得飞上天的“飞上天”，而是货真价实的飞上天。

很久以前的一个夜晚，第一代里的几个宇航工程师喝醉了酒，绕着大楼爬上爬下，挖挖这个，拧拧那个，再找准地方猛踢两脚；等第二天早上天亮，太阳惊讶地发现自己照亮的一幢满是快活醉汉的大楼居然像只懵懂幼鸟似的飘在树顶上。

这还没完，飞翔的派对还想办法把自己武装到了牙齿。若是要和酒贩子争执什么鸡毛蒜皮的小事，他们希望确保优势位于己方。

从全时制鸡尾酒派对到兼职劫掠的派对，这个转换非常轻松，而且为整件事情贡献了当时急需的些许热情和韵律，因为许多年来，乐队已经把他们知道的曲目演奏了不知多少遍了。

他们暴取豪夺，把整座城市扣为人质，勒索奶酪脆饼、鳄梨浇汁、排骨、红酒和烈酒，用空中储运罐通过管道将这些东西送上派对。

然而，他们迟早还是要面对酒水何时耗尽的问题。

脚下的这颗星球已经不是他们升空时的那颗星球了。

这颗星球状况惨淡。

派对的袭击过于频繁，劫掠走了太多太多东西，而且谁也没能成功反击，因为派对在空中的蹒跚姿态实在过于飘忽不定、难以预测。

这派对可真是够瞧的。

被它撞中腰眼就更是够瞧的了。

22

亚瑟躺在一块断裂解体的钢筋混凝土上，疼得左右翻滚，缕缕白云经过时轻轻弹开，背后不知何处传来寻欢作乐的模糊声响。

有个声音他一时难以分辨，部分是因为他不熟悉《我把腿留在了贾格兰贝塔》的曲调[①]，部分是因为演奏这首歌的乐队已经无比疲惫，有几名乐手取的是四三拍，有几名是四四拍，还有几个则是醉醺醺的打转拍，每个人到底打什么拍子全看他最近见缝插针睡了多久。

空气很潮湿，他躺在地上拼命喘息，试着一点一点感觉具体哪儿在疼。无论碰到身上什么地方，他都能遇到疼痛。过了一小会，他意识过来，这是因为他的手在疼。他似乎扭伤了手腕。脊背也在疼，但很快就发觉疼得并不厉害，只是多了几块淤青，而且还有点儿颤抖，谁碰上这种事情不会这样呢？他无法理解一幢大楼为什么会穿梭于白云之间。

另一方面，要是有人问起他在这里干什么，他恐怕也会被问得张口结舌，想不出任何有说服力的解释，因此，他认为和这幢大楼就这么彼此接受算了。他从所躺的地方抬头张望，污渍斑斑的淡色石板墙在背后升起，那是大楼的主体。亚瑟似乎躺在什么壁架或凸缘上，这片东西从大楼主体向外延伸了三四英尺的一圈。这其实是派对大楼埋放地基的一大块土地，大楼起飞时连它一起带走，免得自己的下半截走光。

亚瑟紧张兮兮地站起来，视线移出那块土地的边缘，被突如其来的眩晕感弄得直犯恶心。他把后背贴在墙上，雾气和汗水弄得他浑身湿漉漉的。他的脑袋在游自由泳，胃里却有人在练蝶泳。

尽管他凭自己的力量来到了这里，但还是想也不敢想前方的可怖高度。他不打算往下跳尝试运气。他连朝边缘多走一英寸都不愿意。

他攥紧手提包，一步一步贴着墙壁挪动，希望能找到一扇门。那罐橄榄油结实的分量给了他莫大安慰。

他在朝最近的拐角挪动，希望拐角另一头的那面墙拥有比

① 戏仿美国名曲《我把心留在了旧金山》（*I Left My Heart in San Francisco*）。——译者

背后这面墙更多的入口数量，简而言之就是大于零。

这幢楼飞得很不稳当，让他害怕得想吐，过了一小会儿，他掏出手提包里的毛巾做了件事情，再次证明了毛巾在搭车环游银河系所必须携带的有用物品中的超然地位。亚瑟用毛巾盖住脑袋，不让他看见自己在干什么。

他的双脚贴着地面挪动，他伸出一只手摸着墙面前进。

他终于来到了拐角处，他的手绕过拐角，遇上了一样险些让他震惊得直落九天的东西：另一只手。

两只手紧紧地彼此握住。

他发疯似的想用另一只手揭开遮住双眼的毛巾，但那只手却攥着装有橄榄油、葡萄酒和圣托里尼岛明信片的手提包，而他非常不愿意放下那个提包。

他尝到了那种所谓“自我”时刻的味道，在这种时刻，你会忽然一转身，瞪着自己，心想，“我是谁？我有什么打算？我有什么成就？我混得怎么样？”他轻轻地呜咽起来。

他想挣脱那只手，但就是做不到。那只手紧紧地抓住他的手。他没有别的办法，只得继续朝拐角挪动。他探过半个身子，使劲摇头，想甩掉那块毛巾。这个动作惹得那只手的主人尖声大喊，像是激起了什么古怪的情绪。

毛巾被猛地从头上扯开，他发现自己正和福特·大老爷大眼瞪小眼。福特背后站着银辟法斯特，再往后则是门廊和一扇紧闭的大门。

两人都紧紧靠在墙上，惶恐不安的眼睛盯着周围浓密的云朵，身体则努力抵抗大楼忽高忽低、忽左忽右的醉步。

“他妈的光子在上，你去哪儿了？”惊慌失措的福特咬牙切齿道。

“呃，嗯，”亚瑟结巴起来，他不知道该怎么言简意赅地说清自己的遭遇。“这儿那儿呗。你们在这儿干什么？”

福特把狂乱的眼神放回亚瑟身上。

“他们不许我们进去，因为我们连一瓶酒也没有，”他咝咝吐气道。

走进拥挤的派对，除了喧闹的声音、令人窒息的热浪、厚实烟雾中隐约闪现的五花八门的颜色、铺着厚厚几层毛玻璃、烟灰和鳄梨汁的地毯、一群穿亮纹衣衫的翼龙状生物尖叫着“新乐子，新乐子”扑向他那瓶宝贝葡萄酒，亚瑟注意到的头一样东西就是有个雷神正在向翠莉安搭讪。

“我是不是在毫河见过你？”雷神说。

“你不就是拿锤子的那一位吗？”

“没错。我更喜欢这地方。没那么一本正经，其他的样样不缺。”

难以言传的欢愉引起的尖叫声响彻房间。有这么满满一屋子欢天喜地、吵闹非凡的生物，一屋子心情愉快、不停嘶喊的家伙，大家谁也听不见别人在嚷嚷什么，谁也注意不到偶尔爆发的危机，根本看不清楚房间到底是什么模样。

“看起来挺有趣，”翠莉安说。“亚瑟，你怎么说？”

“我想说，你究竟是怎么出现在这儿的？”

“我化作散乱小点随机飘过宇宙。见过托尔了吗？他制造雷声。”

“哈啰，”亚瑟说。“想必一定很有意思。”

“嗨，”托尔说。“的确如此。你有酒喝吗？”

“呃，说来还真的没有……”

“那为啥不去给自己弄杯酒喝呢？”

“亚瑟，回头见，”翠莉安说。

有什么触动了亚瑟的神经，他警觉地四下寻找。

“赞法德不在，对吧？”他说。

“回头，”翠莉安狠狠地说，“见。”

托尔用炭黑色的冷酷双眼瞪着他，胡须根根竖起，房间里仅剩下的丁点光线鼓起精神，让他的头盔尖角短暂地闪出险恶光芒。

他用大得难以想象的手抓起翠莉安的胳膊肘，上臂肌肉像两辆大众轿车在亲热似的互相蹭擦。

他带着翠莉安走开了。

“长生不灭的有趣之处，”他说，“就在于……”

“空间的有趣之处，”亚瑟听见银辟法斯特在对一个硕大蓬松的生物说话，这家伙像是和粉色羽绒被打过一架，而且还打输了，此刻正着迷地盯着老人深邃的眼睛和银白色的胡子，“就在于它有多无聊。”

“无聊？”那生物眨着皱纹横生的充血大眼说。

“是的，”银辟法斯特说，“无聊得让人吃惊。无聊得让人困惑。明白吗？空间那么多，里面的东西却那么少。想听我引用一些统计数字吗？”

“呃，好……”

“求你了，我很想引用。这些数字同样也无聊得骇人听闻。”

“我去去就来，”她说着拍拍银辟法斯特的肩膀，抬起裙摆，像气垫车似的飘回了拥挤的人群中。

“还以为她怎么都不肯走开呢，”老人嘟囔道。“来吧，地球人……”

“我叫亚瑟。”

“我们必须找到银横木，就在这里的什么地方。”

“咱们就不能稍微放松一下吗？”亚瑟说。“我今天过得很不顺。顺便说一句，翠莉安也在这儿，她没说是怎么来的，不过多半没什么要紧。”

“想想宇宙面临的危险……”

“宇宙，”亚瑟说，“足够大，足够老，照顾自己半个钟头它还做得到。好吧，”见到银辟法斯特越来越生气，他连忙又说，“我去四处走走，看有没有谁见过那东西。”

“好，很好，”银辟法斯特说，“非常好。”他一头钻进人群，但不管碰到谁都叫他放松一下。

“有没有在哪儿见过一根横梁？”亚瑟对一位小个子男人说，这家伙站在一旁，满脸想听人说话的急切神情。“是用银子做的，对宇宙未来的安全至关重要，大概有这么长。”

“没有，”瘦巴巴的小个子男人热情洋溢地说，“但务必请喝杯酒，跟我说说那东西吧。”

福特·大老爷蜿蜒扭过，跳着狂野、疯癫、绝非毫不淫秽的舞蹈，舞伴像是把悉尼歌剧院戴在了头上。福特在大喊大叫，想盖过喧闹的噪声和她交谈，但却是白费力气。

“我喜欢你的帽子！”他扯着嗓子喊。

“什么？”

“我说，我喜欢你的帽子。”

“我没戴帽子。”

“呃，那我喜欢你的脑袋。”

“什么？”

“我说，我喜欢你的脑袋。骨骼结构很有意思。”

“什么？”

尽管福特此刻正在表演异常复杂的舞蹈套路，但还是想办法耸了耸肩。

“我说，你跳得好极了，”他喊道，“只是别那么使劲点头行不行？”

"什么？"

"只是每次你一点头，"福特说，"……嗷！"舞伴点头说，"什么？"向前伸展的颅骨尖头又一次重重啄在福特的额头上。

"一天早晨，我居住的星球被炸飞了，"亚瑟发觉自己出乎意料地在向小个子男人讲述他的人生故事，或者更准确地说，是人生故事里经过剪辑的亮点，"所以我才穿成这样，这是我的晨衣。我的所有衣服连同星球一起炸飞了，明白吧？我没想到要来参加派对。"

小个子男人热情洋溢地点点头。

"后来，我被扔出一艘宇宙飞船。还是穿着晨衣，而不是按理说应该穿的太空服。没过多久，我发现我那颗星球原来是一群老鼠定制的。想象一下我的感受吧。接下来，有人朝我开了几枪，然后我又被炸飞了。说实话，我被炸飞的次数多得可笑，还有人朝我开枪、侮辱我，我定期解体，没有茶喝，最近还坠毁在沼泽地里，在潮湿的岩洞住了五年。"

"啊哈，"小个子男人兴奋地说，"一定过得很开心吧？"

亚瑟结结实实地呛了一口酒。

"多么激动人心的咳嗽啊，"小个子男人很是吃了一惊，"介意我跟你一起咳吗？"

他随即展开了一场最最气势非凡、令人叹为观止的咳嗽，亚瑟被打了个猝不及防，又结结实实地呛了一口，但立刻发现自己正在咳嗽，于是就彻底糊涂了。

两人上演了好一场撕心裂肺的二重唱，足足持续了两分钟之久，亚瑟咳得口水四溅，好不容易才停下来。

“多么提神醒脑啊，”小个子男人喘息着擦掉眼睛里的泪水。“你的生活肯定特别激动人心。非常感谢。”

他热烈地和亚瑟握手，然后走进了人群。亚瑟讶异地直摇头。

一个看上去很年轻的男人走上来，这家伙一副好斗模样，鹰钩嘴，灯笼鼻，圆溜溜的小颧骨。他穿黑裤子，黑色丝绸衬衫一路开到应该是肚脐眼的地方——不过亚瑟早已学会不能妄自推断如今容易遇到的这些人的生理结构——脖子上挂着各式各样吓人的金首饰。他身上的黑包里装着什么东西，显然希望人们注意到他不希望他们注意到他的黑包。

“嘿，呃，我是不是听见你刚才提过你的名字？”他说。

亚瑟告诉那位热情洋溢的小个子男人的诸多事情里确实有这一项。

“是的，我叫亚瑟 · 邓特。”

那男人像是在随着什么节奏轻轻跳舞，但这个节奏和乐队不屈不挠地挤出来的几种旋律都不合拍。

“不错，”他说，“有座山的山腹里有个人想见你。”

“我见过他了。”

“不错，他似乎很急切地想见到你，知道吧？”

“是的，我见过他了。”

“不错，反正我觉得应该告诉你一声。”

“谢谢，我见过他了。”

那人停下来嚼了几下口香糖，然后一巴掌拍在亚瑟背上。

“好，”他说，“很好。只是跟你说一声而已，懂了？晚安，祝你好运，多赢几个奖项。”

“什么？”亚瑟开始真正慌乱起来。

“什么奖都行。随你怎么干都行。好好干。”他用正在嚼的东西发出咯咯一声，做了个天晓得是什么意思的爆炸性手势。

“为什么？”亚瑟说。

“那就往坏里干好了，”那男人说，“谁在乎呢？谁他妈在乎呢？”血液愤怒地泵上他的面庞，他开始喊叫。

“干吗不发疯呢？”他说。“走开，混蛋，别纠缠我。滚远点儿！！！”

“好，我这就走，”亚瑟赶忙说。

“说真的。”那男人猛地一挥手，就此消失在了人堆里。

“他这是搞什么？”亚瑟对正巧站在旁边的一个姑娘说。“他为什么叫我去多赢几个奖项？”

“演艺界的说辞而已，”那姑娘耸耸肩。“他刚在小熊座阿尔法星休闲幻影学院奖的年度典礼上赢了个奖项，原本希望能轻描淡写地谦虚几句，可惜你没提，他也只好作罢。”

"哦，"亚瑟说，"噢，真抱歉，我没提。他得了什么奖？"

"严肃剧本中'操'字最无必要使用奖，是个很受尊敬的大奖。"

"我懂了，"亚瑟说，"很好，奖品是什么？"

"一个罗利。只是个小小的银质东西，放在大大的黑色基座上。你说什么？"

"我什么也没说。只是正要问那个银质……"

"哦，还以为你说了'呜噗'。"

"说什么？"

"呜噗。"

许多年来，跑来加入派对的人络绎不绝，都是从其他星球不请自来的时髦男女；有时候，派对上的众人俯视脚下自己这颗行星，见到的是残破城市、饱受摧残的鳄梨农场和荒芜的葡萄园，沙漠地带越来越广阔，大海装满了饼干渣和更糟糕的东西，他们也会觉得这个世界在某些几乎难以觉察到的细微方面已经不如从前那么有意思了。有些人开始琢磨是不是该保持清醒一段足够长的时间，让整个派对能进入星际空间，换个空气更新鲜、让人不那么容易头痛的世界去继续狂欢。

还在半死不活的星球表面勉强讨生活的那几个面黄肌瘦的农夫若是听说这个消息肯定会喜出望外，但就在那一天，派对呼啸着冲出云层，憔悴的农夫心怀恐惧抬头张望，等待又一轮奶酪-红酒劫掠的降临，这时候事情忽然变得明显：派对不但暂时哪儿也不会去了，而且还很快就将结束。很快众人就该收拾帽子和外套，踉踉跄跄、醉眼迷离地走出派对，看这会儿是什么时候，现在是哪一年，这片饱受创伤的焦土哪儿还有计程车，能带他去随便什么地方都行。

派对和一艘奇特的白色飞船可怕地死死拥抱在一起，飞船像是有半截身子穿过了派对。大楼和飞船一起在天上忽高忽低、左旋右转，举止怪诞，完全不把自己的分量当回事。

云层分开。空气咆哮着跳出它们的去路。

派对和坂袞飞船扭成一团，模样有点儿像两只鸭子，其中一只企图在第二只的肚子里制造第三只，而第二只拼命解释它还没有准备好迎接第三只，而且不太确定是否愿意让第一只鸭子制造出任何推定存在的第三只鸭子，尤其不愿在它（也就是第二只鸭子）忙着飞行的当口发生这种事情。

怒气爆发，激得天空又喊又唱，震荡波不停轰击地面。

忽然，随着“弗噗”一声，坂袞飞船消失了。

派对绝望地在天上跌跌撞撞，活像一个人往门上一靠，没曾想门却是开着的。悬浮喷射引擎带着它旋转、摇摆。派对试图拉正，反而错得更厉害了。它倒退着再次踉跄飞过天空。

蹒跚步态还在持续，但显然不会持续太久了。这个派对已经受了致命伤害，所有乐子都已消散，足以拗断脖颈的原地急转不时出现，这是无论如何也没法掩饰过去的。

到了这个分上，它越是拖延落地，撞上地面的时候就会摔得更重。

大楼里面，情况也同样不妙。不但不妙，简直糟糕得可怕，大家恨得咬牙切齿，纷纷大声宣告。坂裘机器人已经来过了。

他们带走了严肃剧本中“操”字最无必要使用奖的奖品，在其原来位置留下的狼藉惨状让亚瑟顿时理解了罗利奖亚军的感受。

“我们很想留下帮忙，”福特在一塌糊涂的瓦砾堆里寻找去路，“但我们必须离开了。”

派对又是一歪，在浓烟滚滚的废墟中惹来了惊惶的喊叫声和呻吟声。

“我们必须去拯救宇宙，明白吗？”福特说。“如果这理由听起来有点儿牵强，那你们的怀疑显然很有道理。反正无论如何我们都得走了。”

他忽然看见地上有个没启封的酒瓶，而且奇迹般地没有被打碎。

“不好意思，介意我拿走吗？”他说。“他们应该用不上了。”

他还拿走了一袋薯片。

“翠莉安？”亚瑟用颤抖虚弱的声音喊道。烟雾腾腾，他什么也看不见。

“地球人，我们必须离开了，”银辟法斯特紧张地说。

“翠莉安？”亚瑟又喊了一声。

隔了几秒钟，翠莉安打着哆嗦，跌跌撞撞地走进了视野，她的新朋友雷神搀扶着她。

“这姑娘要留下陪我，”托尔说。“瓦尔哈拉有个很热闹的派对，我们这就飞去……”

“刚才闹腾的时候你跑哪儿去了？”亚瑟问。

“楼上，”托尔说，“我在掂量她的重量。飞行是个精细活儿，明白吗？必须计算风……”

“她跟我们走，”亚瑟说。

“喂，”翠莉安说，“我难道没……”

“没有，”亚瑟说，“你跟我们走。”

托尔用缓缓闷烧的眼睛看着他。他在着意凸显神性的某些关键之处，显露出的东西和良善没有半点关系。

“她跟我走，”托尔平静地说。

“走吧，地球人，”银辟法斯特紧张地扯扯亚瑟的衣袖。

“走吧，银辟法斯特，”福特扯扯老人的衣袖。银辟法斯特拿着远距传送装置。

派对一歪，紧接着一荡，所有人一个踉跄，只有托尔和亚瑟除外，亚瑟颤抖着怒视雷神的黑眼睛。

难以置信的事情发生了，亚瑟慢慢地举起了他相比之下小得可怜的拳头。

“想尝尝厉害吗？”他说。

“你再说一小遍给我听听！”托尔咆哮道。

“我说，”亚瑟重复道，他怎么也藏不住声音里的颤抖，“你想尝尝厉害吗？”他可笑地挥挥拳头。

托尔看着他，不敢相信他的耳朵。一缕轻烟盘旋着钻出鼻孔，同时还喷出了一丁点火苗。

他抓住腰带。

他挺起胸膛，昭告天下：你就算有一队谢尔巴人[①]带路也没胆子挑战这种男人。

他解下腰带上的铁锤，用双手握住锤柄，把硕大无朋的锤头展示给大家看。这样，他就澄清了有可能存在的所有误解，他带在身边的可不止是一根电线杆。

“我想不想，”他发出的嗞嗞声像是一条大河流过轧钢厂。“尝尝你的厉害？”

“是的，”亚瑟的声音忽然异常坚定和好斗。他又挥挥拳头，这次像是认真的。

“想出去练练吗？”他对托尔嚎叫道。

---

① 尼泊尔的一个部族，爬珠穆朗玛峰时经常需要雇佣他们。——译者

“没问题！”托尔低吼道，声音酷似被激怒的公牛(事实上，更像被激怒的雷神，这比公牛惊人多了)，走了出去。

“很好，”亚瑟说，“终于赶走他了。银辟，快把咱们弄走。”

23

“好吧，”福特对亚瑟喊道，“我的确胆子小，但重要的是我还活着。”他们已经回到了“小酒馆数学号”上，还有银辟法斯特，还有翠莉安。却没有和谐和友好。

“是啊，但我也活得好好的，对吧？”亚瑟反唇相讥，冒险和怒火弄得他野性发作，两条眉毛上下跃动，像是很想互相饱以老拳。

“你险些就丢了小命，”福特爆发了。

亚瑟猛地扭头去看银辟法斯特，老人坐在驾驶舱的舵手位置上，此刻正满腹心事地盯着瓶底看，那上面显示出的东西显然让他难以理解。亚瑟向银辟法斯特请教。

“你觉得他明白我说的哪怕一个字吗？”激动让亚瑟浑身直哆嗦。

"我不清楚，"银辟法斯特有些心不在焉地答道。"很难说，"他抬头飞快地扫了亚瑟一眼，"我是不是明白了。"他把注意力放回仪器上，新来了些精神，但困惑也亦步亦趋。"你得跟我们再解释一遍，"他说。

"好……"

"以后吧。有可怕的事情马上要发生了。"

他敲敲瓶底的假玻璃。

"很抱歉，但我们在派对上的表现确实非常差劲，"他说，"眼下唯一的希望就是阻止机器人使用钥匙开锁了。老天在上，我完全不知道该怎么做，"他喃喃道。"反正先去了再说吧。我可不能说我很喜欢这个点子。多半要以送命收场。"

"翠莉安在哪儿？"亚瑟忽然假装满不在乎地说。他生气的是福特在唠唠叨叨地指责他浪费了太多时间和雷神争执，否则早就可以溜之大吉了。亚瑟自己的看法则是他简直英明神武、足智多谋到了极点，而且只要你肯听他就愿意说一遍。

普遍的观点似乎是他的观点还不如一副澳洲野狗的臭腰子值钱，但真正伤人的却是翠莉安全然不做评述，这会儿不知道溜到哪儿去了。

"我的薯片呢？"福特问。

"他们都在，"银辟法斯特头也不抬地说，"信息幻象室。我猜你那位年轻女性友人正在努力理解银河历史上的几个难题。我猜薯片多半正在帮助她。"

24

觉得光靠马铃薯就能解决任何重要难题的想法无疑是错误的。

举例来说，曾有一个极具侵略性的疯狂种族，名叫斯垂泰拉克斯的硅胶装甲魔。这还只是他们种族的名字，他们军队的名字更加可怕。幸运的是，他们在银河史上生活的位置比我们迄今为止遇到过的任何东西都要靠前，大概在两百亿年之前，那时候的银河系年轻而朝气蓬勃，每个值得为之战斗的点子都是新点子。

而战斗则是斯垂泰拉克斯的硅胶装甲魔最擅长的事情，正因为擅长，所以他们乐此不疲。他们和敌人(也即，除他们之外的所有人)作战，他们彼此作战。他们那颗行星成了彻底的废墟，星球表面乱糟糟地都是荒弃的城市，被遗弃的战争机器将城市团团围住，战争机器又被深深的壕沟团团围住，硅胶装甲魔就在这些壕沟里居住和互相争吵。

要想向硅胶装甲魔挑起争斗，最好的法子就是出生。他们不喜欢这种事情，变得满腹怨气。只要装甲魔有了怨气，那就肯定有人要遭殃。多么累人的生存方式啊，你或许会这么想，但他们似乎有着怎么也耗不尽的能量。

处理硅胶装甲魔的最佳手段是把他单独关进一个房间，因为他迟早会开始痛殴自己。

最后，硅胶装甲魔终于意识到这个问题非得解决不可了，于是颁布法令，要求任何因工作需要必须携带武器的人(警察、保安、小学老师，等等等等)，必须每天花至少四十五分钟捶打一袋马铃薯，以释放他或她多余的侵略性。

刚开始一段时间，这个法子颇为奏效，但很快就有人觉得直接朝马铃薯射击来得更有效率，也更节约时间。

人们重新燃起朝各种东西射击的热情，几周以来的第一次大型战争即将打响，每个人都兴奋不已。

斯垂泰拉克斯的硅胶装甲魔还有一项成就：他们是历史上第一个让电脑倍感震惊的种族。

那是一台太空级巨型电脑，名叫哈克塔，直到现在仍是人们记忆中有史以来最强大的电脑之一。它是第一台仿造天然大脑设计的电脑，每个细胞颗粒都携带着整体模式，使得它思路更加灵活，想象力更丰富，以及，似乎也有了倍感震惊的能力。

斯垂泰拉克斯的硅胶装甲魔和斯图格的奋发颌针斗士常有摩擦，此时战事正酣，他们没有享受到多少乐趣，因为这场战斗与平时一样，都有许多长途跋涉的部分，要穿越克乌尔曾达的放射沼泽，还要翻过弗拉兹弗拉嘎的烈火山脉，这两块地方都无法让他们感觉宾至如归。

接着，戛戛兹克斯特拉克的勒杀锥剑人也加入战争，逼使硅胶装甲魔在卡弗拉克斯的伽马射线洞和瓦伦古滕的冰雪风暴同时拉开战线，这时候，他们再也忍无可忍，要求哈克塔设计一种终极武器。

“你们这个终极，”哈克塔问，“是什么意思？”

斯垂泰拉克斯的硅胶装甲魔答道，“他妈的查字典，”说完就杀回了战场。

于是，哈克塔设计了一种终极武器。

这是一个非常、非常小的炸弹，就是超空间里的一个接线盒而已，一旦激活，就会把每一颗主要恒星的核心与其他所有主要恒星的核心同时连接起来，整个宇宙于是变成一个巨大的超空间超新星。

硅胶装甲魔想用它炸毁奋发颌针斗士在伽马射线洞的一个军需品堆场，发现那东西没有起效，气得简直火冒三丈，于是找到哈克塔说明了他们有多生气。

硅胶装甲魔的整个想法让哈克塔倍感震惊。

他试着解释，说他仔细思考过终极武器的问题，得出的结论是不启动炸弹的所有可测后果都优于启动炸弹的已知结果，因此自作主张在炸弹设计中加入了一个小小纰漏，他希望交战各方在冷静思考之后都能感觉到……

硅胶装甲魔完全不能赞同，把电脑炸成了齑粉。

后来，经过重新考虑，他们也毁掉了那颗有缺陷的炸弹。

接着，他们稍微松了松劲，杀得斯图格的奋发颌针斗士和戛戛兹克斯特拉克的勒杀锥剑人溃不成军，随后就找到了一种全新的手段把自己炸上天，这让银河系除他们之外的所有人都松了一口气，特别是颌针斗士、锥剑人和马铃薯。

翠莉安看完这些，还有坂袭星的历史。她若有所思地走出信息幻象室，刚好发现他们来得太迟了。

25

星际飞船“小酒馆数学号”一闪而现，在一道小断崖顶端恢复了客观存在，断崖位于一颗直径一英里的小行星上，这颗小行星永远孤零零地绕着被封锁的坂裘星系运行。飞船上的乘客发现他们只来得及眼看着一起不可阻止的历史事件发生。

他们没有想到将会眼看着两起事件发生。

他们无助地站在断崖边缘，冷冰冰、孤零零，望着底下的动静。底下前方顶多一百码的地方，长矛般的光束旋转着，在虚空背景上画出险恶的弧线。

他们盯着让人眼花缭乱的场面。

飞船的力场延伸出来，再次无情玩弄大脑容易受骗上当的天性，让他们得以站在那里：无论是由于小行星质量微乎其微而有可能飘上去的问题，还是无法呼吸的问题，都简简单单地变成了“别人的问题”。

白色坂袠战舰停在小行星荒芜的灰色岩崖之间，时而被弧光照得雪亮，时而消失在暗影中。弧光扫过周围的坚硬石块，投下形状各异的黑影，一起跳着狂放的舞步。

十一个白色机器人排开阵势，把仨柱门钥匙运到了不停摆动的灯光围成的圆圈中央。

仨柱门钥匙被重新组合起来。各个组件都在灯光下闪闪发亮：代表武装和权柄的钢柱（马文的腿），代表富足的金横木（不可能性引擎的核心），代表科学和理性的有机玻璃柱（亚加布森的正义权杖），代表和平的银横木（罗利严肃剧本中“操”字最无必要使用奖的奖品），还有现已再生的代表自然与灵性的木柱（彰示英国板球死亡的被焚残桩所制作的“灰烬杯”）。

“我看这会儿咱们无能为力了，对吧？”亚瑟紧张地问。

“是啊，”银辟法斯特叹息道。

爬过亚瑟脸上的失望表情完全不是那么回事，他正巧站在被阴影遮蔽的地方，于是放任它瘫软下去，变成解脱的表情。

“可惜，”他说。

“我们没有武器，”银辟法斯特说，“真是愚蠢。”

“该死，”亚瑟非常平静地说。

福特什么也没说。

翠莉安也一言不发，但她的沉默很独特，显得心事重重。她的视线投向小行星之上的黑暗天空。

小行星环绕尘雾星云运行，尘雾星云包围着缓时隔膜，而缓时隔膜则裹住了坂裘人居住的行星，坂裘人是坂裘星系和杀手机器人的主人。

这个无助的小团体无从得知坂裘机器人是否觉察到了他们的存在。他们只得假定肯定觉察到了，但机器人认为当前情况没什么可担心的，这个判断显然很正确。机器人有历史性的任务要完成，对观众随便藐视藐视就行了。

“感觉无力得可怕啊，对吧？”亚瑟说，但谁也没有理他。

机器人正在走向光芒四射的区域中央，那里的地面上出现了一个正方形的裂口。裂口越来越明显，很快就看得很清楚了：那块约有六英尺见方的地面正在缓缓升起。

就在这时，他们觉察到了别的动静，但动静过于细微，他们有一两秒钟不敢确定到底是什么在移动。

接着，他们弄清楚了。

小行星在移动。它在缓缓飞向尘雾星云，像是星云深处的神族钓手在毫不留情地收线。

他们即将在现实生活中体验穿过星云的旅程，先前已经在信息幻象室走过了一遍。他们默不作声，呆若木鸡。翠莉安皱起眉头。

仿佛过去了千百万年。一切缓慢得令人头晕目眩，小行星的前端终于钻进了星云那模糊而柔和的外侧边缘。

他们很快就被吞进了稀薄而舞动着的朦胧尘雾。他们穿过星云，不停地走啊走啊走，只在眼角依稀觉察到黑暗中有些难以名状的暗影和涡旋。

尘雾让明亮的光束也变得模糊。一道道明亮的光束让无数尘埃微粒闪烁微光。

翠莉安还是皱着眉头，沉浸在自己的思绪之中，注视着他们的前路。

他们穿了过来。不知到底花了一分钟还是半个钟头，但他们终究穿了过来，面前又是一团茫茫黑暗，就仿佛有谁一把抢走了前方的太空。

现在，一切都变快了。

那块地面已经升起了三英尺，此刻爆发出一束刺眼的强光，一块较小的有机玻璃从那块地面上升起，里面不停舞动的各种颜色让人眼花缭乱。

有机玻璃块上刻着深深的沟槽，三横一竖，显然是为了收纳仨柱门钥匙设计的。

机器人走进那道锁，把钥匙放回原有的位置，倒退几步。有机玻璃块按自己的步调扭动起来，空间开始变化。

空间自行伸展，像是在扭动观众眼窝里的眼珠，让他们痛苦难当。他们不由自主地盯着一颗恒星看个不停，眼睛都快看瞎了，这颗恒星挣脱束缚，站在他们面前，所在位置几秒钟前还只是空荡荡的宇宙空间。又看了足有一两秒，他们才对刚刚发生的事情有了足够的认识，连忙抬起手遮住惊恐而且几乎失明的眼睛。就在这一两秒内，他们发觉有个小黑点在缓缓飞过那颗犹如巨眼的恒星。

他们踉跄后退，机器人齐声咏唱的声音不期而至。

“坂裘！坂裘！坂裘！坂裘！”

这声音让他们背脊发凉。这声音很粗粝，很冰冷，没有灵魂，有着机械式的凄厉。

但也充满了凯旋的意味。

这两种截然不同的感官刺激让几个人震惊得不知所措，险些错过了第二个历史性的事件。

赞法德·毕博布鲁克斯，历史上唯一一个在坂裘机器人的直接轰击下幸免于难的人，挥舞着射线枪奔出那艘坂裘战船。

“好吧，”他喊道，“此时此刻，局势完全控制住了。”

守住舱口的唯一一个机器人悄无声息地挥动战棒，战棒轻轻贴上赞法德左边那个脑袋的后脑勺。

“谁他娘的打我？”左边那个脑袋说完往前一栽，那架势让人看了害怕。

右边那个脑袋目光炯炯地盯着半远不远的地方。

“谁干的？”右边那个脑袋问。

战棒又贴上了右边那个脑袋的后脑勺。

赞法德以相当离奇的姿势在地上测量起了长度。

没过几秒钟，整个历史事件就结束了。机器人射出几道光束，永远摧毁了那道锁。锁裂成几块，融化后把里面的东西断断续续地喷得到处都是。机器人神色冷峻，几乎有点儿沮丧，列队正步返回战舰，然后“弗噗”一声消失了。

翠莉安和福特手忙脚乱地绕个圈子，沿着陡峭的斜坡跑向黑暗中一动不动的赞法德·毕博布鲁克斯。

26

“谁知道呢，”赞法德记得自己正在第三十七次说这番话，“他们可以杀了我，但却没有。也许就是觉得我这人特了不起什么的。我能理解。”

其他人默默表达各自对这一推论的看法。

赞法德躺在驾驶舱冰凉的地板上。后背似乎在和地板扭打，疼痛咚咚咚地传遍全身，猛敲他的两个脑袋。

“我觉得，”他悄声说，“那些阳极电镀的家伙有什么地方不对劲，是那种本质上的古怪。”

“他们的程序就是杀死所有人，”银辟法斯特说明看法。

“很可能，”赞法德在一下下撕心裂肺的抽痛之间喘息道，“就是这个。”他似乎没有完全信服。

“嘿，宝贝儿，”他对翠莉安说，希望这能弥补先前的错误行为。

“你还好吧？”翠莉安轻声说。

“嗯，”他说，“还好。”

“那就好，”翠莉安说完又走到一旁思考去了。她望着飞行躺椅上方的大号视像显示屏，拧动开关，调出本地画面。一幅画面是漆黑的尘雾星云。一幅画面是坂袠星系的太阳。一幅是坂袠行星。她在这几幅画面之间疯狂地切换来切换去。

“这么说，咱们该和银河系道别了，”亚瑟说着一拍膝盖，站了起来。

“不，”银辟法斯特严肃地说。“我们的目标很明确。”他把眉毛皱得能让你在沟壑里种上小型块根类蔬菜。银辟法斯特站起身，四处踱步。等再次开口的时候，说出的话吓得自己不得不再次坐下。

“我们必须降落到坂袠行星，”他说，喟然长叹让老人全身颤动，晃得眼珠几乎在眼窝里哗啦哗啦响。

“我们又一次，”他说，“可悲地失败了。非常可悲。”

“这是因为，”福特平静地说，“我们不够在乎。跟你说过了。”

他抬起双脚搁在仪表板上，一下一下抠起了指甲里的什么东西。

“除非下定决心，采取行动，”老人暴躁地说，像是在和本性中某个非常漫不经心的部分作斗争，“否则我们都将毁灭，都将死去。大家总该在乎这个吧？”

“不够为之丧命，”福特说。他露出一脸假笑，对房间里任何愿意看他的人来回展示。

银辟法斯特显然觉得这个观点非常诱人，他与其展开了殊死搏斗。他扭头面对咬牙切齿、疼得大汗淋漓的赞法德。

“你肯定有什么看法，”他说，“机器人为啥饶了你的命？这很奇怪，很不寻常。”

“我估计他们也不清楚，”赞法德耸耸肩。“告诉你吧。他们用最低功率对付我，只把我敲昏了事，明白吧？他们把我拖上飞船，扔在角落里就此不管不问。就好像我在场让他们很尴尬似的。我一说话他们就把我再敲昏过去。我们有过几场特别精彩的对话。‘嘿……啊！’‘喂，老兄……啊！’‘不知……啊！’实话实说，让我开心了好几个钟头。”他又做个怪相。

他正在把玩手里的什么东西，他举到眼前，那是金横木——“黄金之心”，无限不可能性引擎的核心。只有金横木和木柱毫发无损地逃过了那道锁的毁灭。

“听说你的船很能跑，”他说。“不如先把我送回我的飞船，然后再……”

“你难道不肯帮助我们？”银辟法斯特问。

“我很想留下，帮你们拯救银河系，”赞法德不肯让步，他用肩膀撑起身子，“但眼下我的一对儿头疼已经当爹当妈，估计很快就要生出满地崽子了。这样吧，下次银河系需要拯救，我保证水里来火里去。嘿，翠莉安宝贝儿，你呢？”

翠莉安回头瞥了半眼。

“什么？”

“你来不来？‘黄金之心’号？刺激、惊险、非常狂野的乐子？”

“我要降落坂袤行星，”她答道。

27

还是那座山丘，但时过境迁。

这次不是信息幻象。这次是真正的坂裘行星，他们就站在这座山丘上。古怪的意大利小饭馆停放在不远处的树丛背后，正是它把他们送到了这里：他们真正的躯体，现实中此时此刻的坂裘行星。

脚下茁壮的青草是真实的，肥沃的土壤也是真实的。树木醉人的芳香也还是真实的。夜晚是真实的夜晚。

坂裘。

如果你不是坂裘星人，这里也许是全银河系最危险的地方。这个地方无法容忍其他地方的存在，那些迷人、快乐、聪慧的居民一旦见到外族，就会爆发出恐惧、野蛮、杀意十足的仇恨吼声。

亚瑟打了个哆嗦。

银辟法斯特打了个哆嗦。

福特让人惊讶地也打了个哆嗦。

他打哆嗦其实没什么让人惊讶的，让人惊讶的是福特居然在场。把赞法德送回“黄金之心号”的时候，福特忽然出乎意料地良心发现，没有撇下他们逃跑。

错了，他暗自思忖，错了错了大错特错了。他紧紧搂住一柄射线枪，这是他们从赞法德的军火库取来武装自己的。

翠莉安打个哆嗦，眺望天空，皱起眉头。

天空也有所不同，不再是空荡荡的一片了。

周围的田园风光在两千年坂裘战争间变化甚少；一百亿年前，坂裘星系被锁进缓时隔膜之后，本地的时间只过去了区区五年，天空却起了翻天覆地的变化。

天空中挂着黯淡的光线和沉重的黑影。

高空，以前坂裘人从不去看的地方，现在成了战争地带，机器人地带——坂裘地表的田园风光之上，巨大的战舰和塔式高楼高高地漂浮在无重力场里。

翠莉安盯着那些东西，转着念头。

“翠莉安，”福特 · 大老爷悄声对她说。

“什么？”她答道。

“你在干什么？”

“思考。”

“你思考的时候总这么呼吸吗？”

“我都没意识到我还在呼吸。”

“我就是担心这个。”

“我想我知道了……”翠莉安说。

“嘘——！”银辟法斯特警觉起来，他举起一只瘦削颤抖的手，示意他们退回树木的阴影深处。

忽然，就和先前在录影带里一样，有灯光沿着山丘小径逐渐移近，但这次舞动的光束并非来自提灯，而是出自手电筒——这件事本身算不上戏剧性的变化，但每一个细节都能让他们的心脏在恐惧中怦怦直跳。这次没有传来活泼、趣致的小调，没有人歌颂花朵、耕作和死去的小狗，只有压低声音的急切争论。

天空中有灯光缓缓移动。幽闭恐惧症式的惊惶攥住亚瑟，暖风哽住了他的喉咙。

几秒钟过后，第二组人进入视线，从黑暗山丘的另一侧接近他们。这群人步履飞快，态度坚定，手电筒晃来晃去，探查四周。

两队人马显然准备会合，但不仅仅是互相会合而已。他们会合的终点正是亚瑟和其他人站立的地方。

亚瑟听见福特·大老爷端起射线枪的窸窣声响，也听见银辟法斯特举起射线枪时的呜咽低咳。他感觉到自己那杆枪冷冰冰的陌生分量，颤抖着双手抬起了枪。

他按照福特先前的教导，摸索着松开保险，然后打到“非常危险”挡。亚瑟的手抖得太过厉害，此刻若是朝谁开枪，多半会在对方身上烧出他的签名。

只有翠莉安没有举起武器。她挑起眉毛，然后又放下，咬住嘴唇琢磨着什么。

“你们难道没有想到，”她开了个头，但这会儿谁也不想讨论任何话题。

一束光线从背后刺穿黑暗；他们猛地转身，发现身后出现了第三队坂衮人，正拿着手电筒搜寻他们。

福特·大老爷的枪恶意十足地噼啪一闪，但火花忽地一下钻回枪口，射线枪在他手中炸成碎片。

紧接着的是片刻的纯粹恐惧，有一秒钟时间，场面凝固在了那里，在这一秒钟过去之前，谁也没有再开枪。

到这一秒钟结束，也还是没有人开枪。

他们被苍白脸孔的坂衮人包围了，沐浴在手电筒晃动的灯光之中。

猎物瞪着猎人，猎人瞪着猎物。

“哈啰，”一名猎人说。“不好意思，请问你们是……外星人吗？”

28

与此同时，比大脑能够惬意理解的距离还要远上几百万英里的距离之外，赞法德·毕博布鲁克斯又在闹别扭了。

他修好了飞船——换言之，他带了浓厚的兴趣看着维修机器人替他修好飞船。“黄金之心号”重新成为现存最强大和最独特的飞船之一。他可以去任何地方，做任何事情。他拿起一本书翻看，没几下就把书扔到了旁边。这本书他早就读过了。

他走到通信阵列前，打开全频率紧急信道。

“谁想喝两杯吗？”他问。

“哥们，这也算紧急情况吗？”隔着半个银河系，有个声音在噼噼啪啪的静电噪声中说。

“有调酒的饮料吗？”赞法德问。

“找颗彗星兜风去。”

“好吧，好吧，”赞法德说着关上了紧急信道。他叹着气坐下。他又站起来，踱到电脑屏幕前。他揿下几个按钮。屏幕上立刻出现许多小光团，跑来跑去互相吞吃。

“砰！”赞法德说。“呋噢——！噗，噗，噗！”

“好啊，”这么持续了一分钟后，电脑轻快地说道，“你得了三分。历史最高分数是七百五十九万七千二百……”

“好吧，好吧，”赞法德说着关上了电脑屏幕。

他再次坐下。他把玩铅笔。铅笔渐渐也失去了吸引力。

“好吧，好吧，”他说，把本次得分和上次得分喂进电脑。

飞船在宇宙间化为一道模糊的影子。

29

“告诉我们，”一位脸色苍白的瘦削坂裘人走出队伍，犹犹豫豫地站在那圈手电筒灯光中央，拿枪的样子像是在替忽然有事离开但马上就回来的其他人暂时保管而已，“你们知不知道一个叫‘自然平衡’的东西？”

猎物没有回答，至少没有给出比几声困惑的嘟囔和咕哝更加清晰的回答。手电筒的灯光仍旧照在他们身上。阴森的活动仍旧在头顶高处的机器人地带进行。

“只是，”坂裘人局促不安地接着说道，“我们听说存在这个东西而已，也许没什么重要的。好吧，我想我们还是干掉诸位为好。”

他低头看着枪，像是在寻找应该按下什么地方。

“也就是说，”他说着又抬起了头，“除非你们有什么话题想聊聊的？”

缓慢而麻木的震惊爬上银辟法斯特、福特和亚瑟的身躯，很快就将抵达三个人的大脑，大脑眼下唯一的功用就是上下移动他们的下颏。翠莉安在摇头，像是想摇摇盒子就完成拼图。

“你们要明白，”人群中另外一个人说，“我们很担心这个毁灭宇宙的计划。”

“是啊，”又有一个人补充道，“还有自然的平衡。我们只是觉得，如果宇宙的其他部分全被毁灭的话，或许有可能打乱自然平衡。我们非常关注生态问题，明白吧？”他的声音闷闷不乐地小了下去。

“还有运动，”另一个人大声说。其他人欢呼附和。

“是的，”头一个人赞同道，“还有体育运动……”他不安地回头看着伙伴们，胡乱挠挠面颊。他似乎在和内心深处的什么困惑搏斗，就好像想说的话截然不同于他的思绪，两者之间没有任何可能存在的联系。

“你们要明白，”他嗫嚅道，“我们有些人……”他环视一周，像是在寻求支持。其他人发出鼓励的叫声。“我们有些人，”他继续说道，“非常想和银河系其他地方保持体育运动上的联系，尽管我能理解让体育运动远离政治的观点，但我觉得如果还想和银河系其他地方保持体育运动上的联系——我们也的确想——那么摧毁银河系的其他地方就多半是个错误了。至于宇宙的其他地方也是同样……”他的声音又小了下去

“……这大概就是当前的意见……”

“什……”银辟法斯特说。“什……”

“啊……？”亚瑟说。

“那……”福特·大老爷说。

“好吧，”翠莉安说。“咱们谈谈这个问题。”她走上前，挽住可怜又困惑的坂袭人的胳膊。他看起来约莫二十五岁，这就是说，由于本地区独有的时间混乱问题，一百亿年前坂袭战争结束的时候他才二十岁。

翠莉安带着他在手电筒的灯光中走了一小段路，这才重新开口。那男人蹒跚着跟在她背后，有些不知所措。围成一圈的光束微微垂落，像是在向翠莉安臣服：在整个黑暗纷乱的宇宙里，似乎只有这个安静的奇怪女孩知道她在干什么。

翠莉安转个身，面对那男人，轻轻抓住他的双臂。他活脱脱就是惶惑和凄惨的化身。

“告诉我，”她说。

他刚开始什么也不肯说，视线在翠莉安的两只眼睛之间跳来跳去。

“我们……”他说，“我们必须单独存在……我想。”他拧起面孔，垂下脑袋，摇头的样子像是从储蓄罐里往外摇硬币。他重新抬起头。“知道吗？我们已经有那种炸弹了，”他说，“小小一颗而已。”

“我知道，”她说。

那男人瞪大眼睛看着她，像是她就甜菜说了什么非常奇怪的话。

“实话实说，”他说，“的确非常、非常小。”

“我知道，”她还是这么回答。

“但他们说，”他的声音小了下去，“他们说这个炸弹能毁灭宇宙间一切事物。而我想，明白吗？我们必须这么做。这会让我们单独存在吗？我不知道。但这似乎就是我们的职责，”他说着又垂下了脑袋。

“天晓得职责是什么意思，”人群中有个空洞的声音说。

翠莉安缓缓抬起双臂，搂住那个困惑的可怜年轻坂裘人，把对方的脑袋搁在自己的肩头上，轻轻拍着他不住颤抖的脑袋。

“没关系，”翠莉安的声音虽沉静，但足够清晰，周围影影绰绰的人群都能听见。“你们不是非得这么做。”

她轻轻晃动那男人的身体。

“你们不是非得这么做，”她又说了一遍。

她放开那男人，重新站直。

“我希望你们能为我做件事情，”她说，然后出乎意料地大笑起来。

“我希望，”她说，然后又是好一阵大笑。她捂住嘴，勉强正色道，“我希望你们带我去见首领，”她抬手指着天空中的战争地带。不知为何，她似乎知道对方的首领肯定在上面。

她的笑声像是卸去了空气中的什么东西。人群后方有个声音唱起歌谣，这首歌若是出自保罗·麦卡特尼之手，无疑能让他买下整个地球。

30

赞法德·毕博布鲁克斯勇敢地爬过一条隧道，像极了他这种人应该做的事情。他摸不着头脑，但还是坚持爬个不停，因为他就有这么勇敢。

让他摸不着头脑的是刚才见到的东西，但他即将听见的话会让他加倍困惑，因此现在最好还是解释一下他到底在什么地方。

他在坂袤行星地表上空许多英里处的机器人战争地带。

此处大气稀薄，相对来说缺乏防护，太空愿意往他的方向抛出任何射线或者其他什么东西，他都只能忍耐。

许多硕大阴沉的巨舰齐聚坂袤上空，挨挨挤挤，他把“黄金之心号”飞船停在它们中间，一头钻进天空那些建筑物中看起来最大最重要的一幢，除了射线枪和头疼药之外没有任何武装。

他看见自己在一条宽敞而漫长的走廊里，光线很差，便于躲藏，等他想清楚接下来怎么办再说。坂袤机器人不时走过，他只好藏了起来，尽管迄今为止他在他们手下的际遇都还算宜人，但再怎么说也还是令他无比痛苦，更何况他没兴趣尝试自己是否还有这种他只能半心半意承认的好运气。

某次躲避的时候，他躲进走廊上的一个房间，发现这个舱室很宽敞，但光线同样昏暗。

事实上，这是仅有一件展品的博物馆，这件展品是一艘太空船的残骸，被烧得不成样子，损毁严重。赞法德这时已经补上了部分他在学校里因为企图勾搭隔壁赛博盒子那姑娘而漏掉的银河历史，得以充分运用智慧，猜测这正是百亿年前飘过尘雾星云，惹出好大一场麻烦的那艘飞船。

然而，这就是让他摸不着头脑的地方了——这艘飞船有什么地方不对劲。

飞船坠毁是真的，被焚烧也是真的，但经验丰富的眼睛随便打量几眼就会发现这艘飞船不是真的。它就像飞船的全尺寸模型，是个实心蓝图。换句话说，如果你忽然决定亲手打造宇宙飞船，但又不知从何下手，那手边若是有这东西就很方便了。然而，这东西却绝对不可能升空，飞到任何地方去。

还在琢磨这个问题的时候——事实上，他才刚刚开始琢磨——他发觉舱室的另一侧有扇门轻轻滑开，另外两个坂袤机器人走进房间，看起来有点儿郁闷。

赞法德不想和他们纠缠，心想既然智虑是勇敢的最大要素[①]，而怯懦又是智虑的最大要素，于是就英勇地躲进了壁柜。

结果他发现这个壁柜是一道竖井的开端部分，向下穿过维修入口后连接着一条宽阔的通风管。他钻了下去，沿着通风管爬行，这就是开始时我们遇见他的地方。

他不喜欢这里。这里又冷又黑，格外不舒服，而且让他心惊胆战。碰到第一个机会——一百码开外的另一条竖井——他就又爬了出去。

这次他遇到的是一间较小的舱室，这显然是个电脑智能中心。他出现在大型电脑阵列和墙壁之间的黑暗间隙里。

他很快就明白房间里还有别人，于是转身准备离开，这时另外几个人的谈话却吸引了他的注意力。

“是机器人，长官，”一个声音说。“机器人出毛病了。”

“具体形容一下。”

这是两名坂裘战争指挥官的声音。所有战争指挥官都在天上的机器人战争地带居住，异想天开的疑虑和犹豫虽已在地表的同胞中蔓延，但对他们却基本免疫。

“呃，长官，我想大概是因为他们正被免除战时劳役，而我们即将引爆超新星炸弹。在我们从隔膜中被解放后的短短这

① 典出莎士比亚《亨利四世》上篇，第五幕第四场。——译者

段时间里——”

“说重点。”

“机器人没有乐在其中，长官。”

“什么？”

“战争，长官，战争似乎让机器人心情低落。他们产生了一种特定的厌世情绪，或者更准确地说，是厌宇宙情绪。”

“呃，那有什么不好？机器人本来就该帮助我们毁灭宇宙。”

“是的，但他们逐渐发觉这件事很困难，长官。他们感染上了一种特定的倦怠症，就是没法认真工作。他们缺乏活力。”

“你到底想说什么？”

“呃，长官，我想有什么事情让他们非常郁闷。”

“坂袠在上，你在胡扯什么啊？”

“呃，在他们最近的几场遭遇战中，他们投入战斗，举起武器开火，但似乎忽然心想，为什么要这么折腾呢？从宇宙的角度讲，这究竟有什么意义呢？然后似乎就变得厌倦和阴沉起来了。”

“然后呢？他们又干了什么？”

“呃，大部分时间在解二次方程式。无论怎么衡量都是极其困难的二次方程式。然后就是生闷气。”

“生闷气？”

“是的，长官。”

“谁听说过机器人生闷气？”

“不知道，长官。”

“那是什么声音？”

那是赞法德头昏脑涨离开房间的声音。

31

幽深的黑暗里，跛足的机器人静静呆坐。它在金属围成的黑暗里已经沉寂许久。这个地方又冷又潮，尽管身为机器人按说不该能注意到这些问题。然而，这个机器人却用无与伦比的意志力勉强让自己注意到了。

它的大脑与坂袠战斗电脑的中央智能核心绑定在了一起。它并不喜欢这种体验，坂袠战斗电脑的中央智能核心也同样不喜欢。

坂袠机器人从斯库恩谢勒斯星系截塔行星的沼泽地里回收了这个可怜的金属家伙，几乎立刻发觉这个机器人拥有巨量智能，意识到它肯定能派上用场。

他们对伴之而来的人格障碍却估计不足，而冰冷、黑暗、潮湿、失去自由和孤独更是没能减轻症状。

它对分配下来的任务一点也不开心。

抛却别的不谈，协调整颗星球的军事战略只占用了它强大得可怕的大脑的小小一部分，剩下的绝大部分则无聊到了难以形容的地步。它已经解决了全宇宙所有重要的数学、物理、化学、生物、社会学、哲学、语源学、气象学和心理学问题(它自己除外)，还反复验算过三遍，此刻急需些什么事情来做，于是开始谱写悲伤的短小歌谣，但不使用任何音调，也不能有旋律。最新的作品是一首摇篮曲。

“整个世界都已上床安眠，”马文单调地唱着，

“黑暗不肯吞吃我的头脑，

“我的眼睛能够红外视物，

“唉，我是多么憎恨夜晚。”

他停下来，积蓄用来谱写第二段的美学和情感力量。

“现在我让自己躺下睡觉，

“试着去数只只电子绵羊，

“望你此刻享有酣甜美梦，

“唉，我是多么憎恨夜晚。”

“马文！”一个咝咝的声音说。

马文猛地抬起脑袋，险些挣开连接他和中央坂裘战斗电脑的错综复杂的电极网络。

维修舱口打开，两颗无拘无束的脑袋中有一颗窥视室内，另一颗极度紧张地左右抛掷视线，结果就是不停擦碰前一颗

脑袋。

“哦，是你啊，”机器人嘟囔道。“就知道。”

“喂，小子，”赞法德惊讶道，“刚才是你在唱歌吗？”

“是我，”马文不无苦涩地承认了，“我这会儿格外才智焕发。”

赞法德把脑袋探进舱口，环顾四周。

“你一个人？”他问。

“是的，”马文答道。“无聊枯坐，只有痛苦和凄凉做伴。当然还有深不可测的智慧。还有不可限量的悲哀。还有……”

“很好，”赞法德说。“喂，你跟这些东西有什么关系？”

“这个关系，”马文说，抬起他受损较轻的胳膊，指点赞法德去看把他和坂裘电脑连接在一起的那些电极。

“这么说，”赞法德尴尬地说，“你大概又救了我一命。不对，两命。”

“三命，”马文说。

赞法德的脑袋猛地一转(另一颗脑袋正用鹰隼般的眼神盯着完全错误的方向)，恰好看见背后有个致命的杀手机器人停止运行，开始冒烟。它踉跄后退，撞上墙壁，软绵绵地瘫倒在地。它朝一侧歪倒，脑袋向后一仰，痛不欲生地啜泣起来。

赞法德把注意力放回马文身上。

“你对生命肯定有着非常可怕的见解，”他说。

“你又没问过，”马文说。

“我才不问呢，”赞法德说，当然，他没有问。“喂，我说，”他又开了口，“你的任务完成得好极了。”

“我想，这意味着，”马文说，只花费一亿亿亿亿亿亿分之一的脑力就完成了这个逻辑跳跃，“你是不打算解救我了。”

“小子，你知道我很愿意。”

“但没这个打算。”

“是的。”

“我明白了。”

“你干得很不错。”

“是啊，”马文答道。“为什么要在我最憎恨它的时候停下来呢？”

“我得去找翠莉安和其他人。喂，你知道他们在哪儿吗？我是说，要找遍一整个星球可不容易。估计得花些时间。”

“他们离你很近，”马文悲凉地说。“愿意的话，你可以在这里监控他们。”

“我更想找到他们，”赞法德固执己见。“呃，他们眼下需要帮助，对吧？”

“也许，”马文凄楚的声音里忽然带上了权威感，“你留在这里监控更好些。那个姑娘，”他出乎意料地补充道，“是我特别欠缺愉悦但又无法避免遇见的最不愚昧的无智慧生命体之一。”

赞法德花了一两秒钟才从这迷宫般的连串否定词语中觅得去路，等他从另一头钻出来的时候，不由吃了一惊。

“翠莉安？”他说。“只是个孩子而已。的确挺可爱，但喜怒无常。你知道的，女人都这个样。哦，也许你不知道。你肯定不知道。如果你知道，我也不想听你说。帮我接通。”

“……完全受到操纵。”

“什么？”赞法德问。

说话的是翠莉安。他转过身。

啜泣的坂衮机器人背靠着的那面墙亮了起来，画面取自坂衮机器人战争地带的一个什么地方。那里似乎是会议室之类的场所——赞法德看不太清楚，因为机器人无力地靠在屏幕上。

他想移开那个机器人，但它沉浸在悲恸之中，张嘴企图咬他，赞法德只好尽量让视线绕过它的身躯。

“仔细想想，”翠莉安的声音说，“你们的历史根本是一系列稀奇古怪的不可能事件。不可能事件这东西我一眼就认得出。你们彻底与银河系隔绝，这首先就怪得离奇。星球边缘恰好被尘雾星云重重包裹。这是有人安排好的。太明显了。”

赞法德看不见屏幕，急得发疯。机器人的脑袋遮住了翠莉安交谈的对象，多功能战棒遮住了背景，哀伤地抵住额头的胳膊的肘弯遮住了翠莉安本人。

“然后，”翠莉安说，“一艘飞船坠毁在你们星球上。可能发生吗？一艘漂航飞船的行进轨道恰好与一颗行星的运行轨道相交，你们有没有想过这种事情的概率究竟有多小？”

“喂，”赞法德说，“她根本不知道自己他娘的在说什么。我见过那艘飞船。假货。蹩脚得很。”

“我想也是，”赞法德背后，马文在他的监牢里说。

“哦，是啊，”赞法德说。“你这么说倒是轻巧得很。我刚告诉你了。可是，我看不出这能跟任何事情扯上任何关系。”

“还有，更重要的，”翠莉安继续道，“与飞船轨道相交的这颗行星不是别的，正是全银河系——甚至，就我所知，全宇宙——在见到飞船后最有可能彻底精神受创的那一颗，这个概率又有多小？你们不清楚到底有多小，对吧？我也不知道，就有那么小。再说一遍，这是安排好的。如果发现那艘飞船只是假货而已，我也一点儿也不会吃惊。”

赞法德终于移开了机器人的战棒。战棒背后的屏幕上出现了福特、亚瑟和银辟法斯特，他们显然被这番话弄得既震惊又困惑。

“嘿，看呐，”赞法德兴奋地说。“他们干得真不错。啦啦啦！弟兄们，上啊！”

“还没完呢，”翠莉安说，“再说说你们一夜之间忽然掌握的那些技术。大多数文明需要成千上万年才能做到。有谁把你们需要的知识喂给你们，有谁在强迫你们一直向前。”

“我知道，我知道，”某个屏幕外的人打断了翠莉安的话，她回答道，“我知道你们没有意识到正在发生什么事情。这正是我想说的重点。你们根本什么都没有意识到。比方说这颗超新星炸弹。”

“你是怎么知道的？”一个不在屏幕上的人问道。

“我就是知道，”翠莉安说。“你们难道指望我相信，你们聪明得能发明这么智慧的装置，却蠢得意识不到一爆炸你们也要完蛋？这不仅仅是愚钝，简直是震古烁今的不开窍。”

“喂，那炸弹是什么东西？”赞法德惊恐地问道。

“超新星炸弹？”马文答道。“是个非常、非常小的炸弹。”

“是吗？”

“能毁灭整个宇宙，”马文解释道。“要我说，这主意不错。只可惜他们没法让它正常工作。”

“为什么？不是说那东西很智慧吗？”

“那东西的确很智慧，”马文答道，“但他们却很没智慧。被锁进隔膜之前，他们还在设计那东西，把过去五年全花在了制造上。他们以为自己弄对了，但其实却没有。他们和一切有机生命一样愚蠢。我恨他们。”

翠莉安还在继续说话。

赞法德抓住坂裘机器人的一条腿，试图把它拖开，但机器人连踢带吼反抗，紧接着爆发出又一阵啜泣，哭得全身发抖。忽然，它软瘫下去，在地板上不碍事的地方继续抒发感情。

翠莉安单独站在一间舱室中央，模样疲倦，但眼中燃烧着熊熊火焰。

她面前是坂裘元老院那些面色苍白、满脸皱纹的成员，他们坐在各自宽大的曲线控制台前，带着无助的恐惧和憎恨瞪着翠莉安。

元老前方，从控制台到舱室中央翠莉安站立之处的中点，像接受审判似的立着一根细长的白色柱子，柱子约高四英尺，顶端搁着一根白色小圆球，直径约有三四英寸。

柱子旁边站着个手持多功能战棒的坂裘机器人。

“事实上，”翠莉安解释道，“你们实在蠢得可怜”（她在流汗。赞法德觉得她在此刻流汗减少了她的吸引力）“你们所有人都实在蠢得可怜，我怀疑，我严重怀疑，过去五年内若是没有哈克塔的帮助，你们是否有可能正确制造那颗炸弹。”

“哈克塔这厮是谁？”赞法德挺胸抬头道。

就算马文回答了，赞法德也没有听见。他的注意力全放在屏幕上。

一名坂裘长老朝坂裘机器人轻轻打个手势。机器人举起战棒。

“我无能为力，”马文说。“它的回路独立于其他机器人。”

“等一等，”翠莉安说。

那名长老又轻轻打个手势。机器人停下动作。翠莉安忽然像是对自己的判断起了巨大的疑心。

“你是怎么知道的？”赞法德这时问马文。

“我访问过，”马文说。“电脑记录。”

“你们不一样，对不对？”翠莉安对长老们说，“和地面上的普通百姓不一样。你们把全部生命都耗费在了这上头，没有大气层的保护，变得容易受伤害。你们种族的其他人都很害怕，知道吗？他们不希望你们这么做。他们联系不上你们，你们应该去问问他们。”

那名坂袭长老不耐烦了。他对机器人做了个和上一个完全相反的手势。

机器人挥起战棒，击中白色小圆球。

白色小圆球就是超新星炸弹。

这颗非常、非常小的炸弹旨在终结整个宇宙。

超新星炸弹飞过空中，打在会议室的后墙上，砸出深深的凹坑。

“她是怎么知道这些的？”赞法德说。

马文阴沉着不肯说话。

“多半是在虚张声势，”赞法德说。“可怜的孩子，真不该抛下她一个人。”

32

“哈克塔！”翠莉安喊道。“你到底有什么企图？”

包裹一切的黑暗中无人作答。翠莉安紧张地等待着。她很确定自己不可能犯错。她盯着原以为会传来什么回应的朦胧暗处。但得到的只有冰冷沉默。

“哈克塔？”她又喊了一声。“我想让你见见我的朋友亚瑟·邓特。我原想和一位雷神私奔，但亚瑟不肯让我这么做，我对此心怀感激。他让我意识到我的心到底放在了哪儿。很不幸，赞法德被各种事情吓坏了，所以我只好带亚瑟来。天晓得我为什么跟你唠叨这些。”

“哈啰？”她不肯放弃。“哈克塔？”

这时，终于有了回答。

那声音稀薄而衰弱，像是被风从远方带来的，存在于听见与听不见之间，是梦中话音的依稀记忆。

“你们都出来吧，”那声音说。“我保证你们百分之百安全。”

两人互视一眼，走出去，不可思议地踏上“黄金之心号”舱口射出的那一束光，步入由无数颗粒组成的晦暗幽深的尘雾星云。

亚瑟想握住翠莉安的手，让她镇定和安心，但翠莉安不肯让他握。他只好紧抱住航空手提包——连同里面装着的希腊橄榄油、毛巾、起皱的圣托里尼岛明信片和其他各种杂物。他只好让这些东西镇定和安心。

他们站在虚空之上、虚空之中。

雾气缭绕、满是粉尘的虚空。那台化为齑粉的电脑，它的每一粒尘埃都在旋转翻滚，捕捉黑暗中的阳光，闪烁微光。这台电脑的每个粒子，每一颗尘埃，无论多么微不足道，都包含着整体的模式。硅胶装甲魔虽然将电脑炸成粉末，但只是重创了它，并没有杀死电脑。有一个脆弱的力场包裹住了所有粒子，让它们彼此维持着纤细的联系。

亚瑟和翠莉安站在——或者说漂浮在——这个怪异个体的中央。没有空气供他们呼吸，但似乎却并不重要。哈克塔信守承诺。他们很安全，至少暂时如此。

“我没有什么东西可以表达好客之情，”哈克塔微弱的声音说，“只能耍几个光线的把戏。不过，如果只有光线的把戏可供娱乐，那二位还是安心享用吧。”

声音逐渐消散，黑暗的尘埃中，一张天鹅绒佩斯里覆面的沙发慢慢凝聚，模模糊糊地显现出来。

亚瑟险些无法承受眼前的事实：这似乎正是陡然出现在史前地球的荒野中的那张沙发。他想大喊大叫，想愤怒得全身颤抖——宇宙为什么总要对他做这种疯狂和令他困惑的事情呢?

他让这种感觉平息下去，然后小心翼翼地坐进沙发。翠莉安也坐了下去。

这是一张真正的沙发。

就算不是真的，至少也支撑住了他们的身体，而这正是沙发应该完成的功能，因此，无论按照什么标准，这都是一张真正的沙发。

太阳风吹来的嗓音再次低声说话。

“希望二位觉得还舒服，”那声音说。

亚瑟和翠莉安点点头。

“你们的推断非常准确，请接受我的祝贺。”

亚瑟马上指出他本人没有推断出任何结论，那全是翠莉安的功劳。她只是请他一起过来，因为他对生命、宇宙及一切怀有兴趣。

“我也同样怀有兴趣，”哈克塔轻声说。

“好吧，”亚瑟说，“我们应该就此聊聊。有杯茶就更好了。”

一张小木桌在他们面前缓缓物质化，上面搁着银质茶壶、盛牛奶的骨瓷小罐、骨瓷糖碗和两套骨瓷茶盏。

亚瑟探身去拿，但它们不过是光线的把戏而已。他躺回沙发里，身体对这个幻象有所准备，认为沙发坐起来多半很舒服。

“你为什么，”翠莉安说，“觉得自己必须毁灭宇宙？”

她发觉对着虚空说话有点困难，注意力无法聚焦。哈克塔无疑觉察到了。他咯咯一笑，笑声宛如幽魂。

“要是想搞什么心理治疗的话，”他说，“那干脆就做戏做全套吧。”

此刻出现在面前的东西真是够新鲜的。这是一张躺椅——心理医生用的那种躺椅——的模糊影像。躺椅的皮革蒙面闪闪发亮，奢侈豪华，但这仍旧只是光线的把戏而已。

为了让场景更加逼真，周围出现了木质镶板的墙壁的朦胧幻影。接着，哈克塔本人的影像出现在了躺椅上，这幅画面绝对能让见到的人眼角抽搐。

躺椅就是普通尺寸的心理医生的躺椅——长约五六英尺。

电脑也是一台普通尺寸的太空级卫星式黑色电脑——直径约一千英里。

让眼角抽搐的正是后者坐在前者上的幻象。

“很好，”翠莉安坚定地说。她从沙发上站了起来。她觉得对方请她感觉的舒适有些多得过头，而她接受的幻象也多得过头了。

“非常好，”她说。“你能构造真正的东西吗？我指的是实心的东西。”

片刻停顿后才传来回答，就仿佛哈克塔化为齑粉的大脑必须在颗粒散布的亿万英里内搜集思绪。

“唉，”他叹息道。“你说的是那艘飞船。”

思绪像是在他们身边和体内飘过，好似电波穿过以太。

“是的，”他承认道，“我能。”

“但这需要极大的努力和漫长的时间。在所处的……粒子形态之下，我只能鼓励和建议。鼓励和建议。而建议……”

躺椅上哈克塔的图像起伏不定，它似乎难以自持。

哈克塔积蓄起新的力量。

“我能鼓励和建议，”它说，“极为细小的空间碎屑——微不足道的迷途流星，这儿几个分子，那儿几个氢原子——聚拢在一起。我鼓励它们聚拢。我逗弄它们产生形状，但这需要几十亿年时间。”

“所以，坠毁飞船的模型，”翠莉安追问道，“的确是你制造的，对吧？”

“呃……是的，”哈克塔喃喃道。“我制造了……几样东西。我能让它们四处移动。我制造了那艘太空船。当时这似乎是最好的办法了。”

有什么原因让亚瑟捡起他放在沙发上的手提包，紧紧地攥在手心里。

哈克塔古老而粉碎的尘雾大脑在周围打旋，像是在做什么令人不安的梦。

“我悔悟了，明白吗？”他悲哀地喃喃道。“我不该破坏自己给硅胶装甲魔设计的武器。我没权力下这种决定。制造我是为了让我完成我的使命，但我却没能做到。我悖反了我自己。”

哈克塔叹了口气，亚瑟和翠莉安一言不发，等他继续说下去。

“你们说得对，”他最后终于说。“我存心如此培育坂袤行星，直到坂袤星人达到硅胶装甲魔相同的精神境界，让他们要求我设计我上次未能成功制造的那颗炸弹。我用自己的身体包裹住整颗行星，娇生惯养他们。我用一系列事件影响他们，让他们学会像疯子一样仇恨。我必须让他们走上天空，我在地面的影响力过于弱小。

“他们被锁进缓时隔膜之后，没有我的帮助，他们的应对自然变得颠三倒四，难以为继。

“唉，是啊，唉，是啊，”他继续说着，“我只是在努力完成使命而已。”

云雾中的影像非常、非常缓慢地逐渐褪色，开始轻轻消散。

但随即又忽然停了下来。

“当然，还有复仇的问题，”哈克塔的声音里出现了前所未闻的严酷。

“请记住，”他说，“他们把我炸成齑粉，然后撇下我几十亿年处于这种残缺不全、半生不死的状态中。我打心底里愿意抹掉整个宇宙。相信我，换了你也会有同样的想法。”

他再次停顿，尘雾中起了一个个漩涡。

“然而，最主要的，”他用先前那种忧郁的声音说，“我想完成我的使命。没错，就是这样。”

翠莉安说，“你失败过一次了，你难道一点也不担心吗？”

“我失败了吗？”哈克塔悄声说。心理医生躺椅上的电脑幻象开始渐渐消散。

“唉，好吧，唉，好吧，”正在褪去的声音吟诵道。“不，失败也不再让我烦恼。”

“你知道我们必须做什么吗？”翠莉安冰冷的声音公事公办地说。

“知道，”哈克塔说，“你要驱散我。你要摧毁我的意识。悉听尊便——百亿年匆匆流逝，我只期待湮灭。使命若是尚未完成，此刻追悔也已太迟。谢谢二位，晚安。”

沙发消失了。

茶桌消失了。

躺椅和电脑消失了，墙壁消失了。亚瑟和翠莉安迈着奇异的步伐返回“黄金之心号”。

“好吧，事情，”亚瑟说，“似乎就这样了。”

面前的火焰蹿得很高，渐渐平息，最后又跳了几下，随后熄灭，留下的只有一堆真正的灰烬，几分钟前这堆灰烬还是象征自然和灵性的木柱。

他从“黄金之心号”的伽马射线烤炉的铁架上铲起灰烬，倒进一个纸袋，然后返回舰桥。

“我感觉咱们该把灰烬送回去，”他说。“我的这种感觉非常强烈。”

他和银辟法斯特就这个问题已经吵过一架，老人最后被气走了。他回到自己的“小酒馆数学号”飞船上，和侍者大闹一场，飞船消失在了一片关于何为空间的纯粹主观概念之中。

他和银辟法斯特之所以争执，是因为亚瑟想把灰烬杯送回劳德板球场，送回它原先被抢走的那个时刻，需要逆时间旅行一天左右，但这正是“真实时间运动”尽量想阻止的那种一无必要二不负责任的行为。

“是的，”亚瑟当时这么说，“但请你去和 MCC① 解释一下吧，”然后就不肯再听任何反对意见了。

---

① 玛丽勒本板球俱乐部(Marylebone Cricket Club)的缩写，1787 年成立于伦敦，劳德板球场的所有者，主场也设在劳德板球场。——译者

“我想，”他再次开始阐述观点，但随即停下。之所以要再次阐述观点，是因为第一次说的时候没人听，而之所以停下，是因为很显然这次还是不会有人听。

福特、赞法德和翠莉安紧盯着视像显示屏，“黄金之心号”在向一个震颤场泵送能量，而哈克塔在震颤场的压力下逐步消散。

“它说什么？”福特问。

“我觉得我听见它说，”翠莉安困惑地说，“‘覆水难收……我已完成使命……’”

“我认为咱们该把这个送回去，”亚瑟举起装着灰烬杯的口袋说。“我的这种感觉非常强烈。”

33

阳光静静地照耀着这个彻头彻尾的混乱场面。

偷走灰烬杯的坂裘机器人方才离去，留下仍在燃烧的草地冒出滚滚黑烟。人们冒着黑烟惊慌奔逃，互相碰撞，被担架绊倒，被警察逮捕。

一名警察试图因侮辱他人逮捕“无尽延长”哇噢拜戈，却没能阻止高个子灰绿色外星人返回飞船和傲然飞走，这导致了更严重的惊慌和骚乱。

一片混乱之中，亚瑟·邓特和福特·大老爷当天下午第二次忽然物质化，他们是从停泊在环地轨道上的“黄金之心号”上传送下来的。

“我能解释，”亚瑟喊道。“灰烬杯在我这里！就在这个口袋里。”

“我觉得你无法吸引他们的注意力，”福特说。

“我还帮助拯救了宇宙，”亚瑟对随便哪个愿意听他说话的人喊道，换言之也就是没有任何人。

“这按理说能让大家停下脚步啊，”亚瑟对福特说。

“但是没有啊，”福特答道。

亚瑟招呼一名匆匆跑过的警察。

“不好意思，”他说。“灰烬杯。在我这儿。刚才被那些白色机器人偷走的。现在装在这个口袋里。它是缓时隔膜的钥匙的组成部分，明白吗？其他的随便你怎么猜怎么想吧，重点是灰烬杯在我这儿，我该拿它怎么办？”

警察告诉了他，但亚瑟觉得那答案肯定是个隐喻。

他忧伤孤独地走来走去。

“就没有人在意吗？”他喊道。一个男人跑过亚瑟身旁，正巧撞上他的胳膊肘，纸袋掉在地上，里面装着的灰烬撒了一地。亚瑟低头看着那摊东西，抿紧了嘴唇。

福特看着他。

“想走了吗？”他问。

亚瑟喟然长叹。他环顾四周的行星地球，他确定这是最后一次了。

“好吧，”他说。

就在这时，隔着正在散去的黑烟，他瞥见了一个三柱门，尽管场面如此纷乱，但它依然屹立不倒。

“稍等片刻，”他对福特说。“我小时候……”

“就不能等会再说吗？”

“一直很痴迷板球，可惜从来不擅长。”

“直话直说吧，你根本就不行。”

“我始终梦想——虽说有点傻气——有朝一日我能在劳德板球场投球。”

他看了一圈周围惊慌失措的民众。谁也不会特别在意。

“好吧，”福特厌倦地说。“要投就快点。我去那边待着，”他想想又说，“够无聊的。”他走过去，在一块冒烟的草坪上坐下。

亚瑟还记得上次出现在下午的板球场的时候，板球不偏不倚掉进了他的随身口袋，于是就在口袋里翻找起来。

他找到了板球，随后才记起这并不是当时身边的那个口袋。然而，板球就躺在他在希腊买的各种纪念品当中。

他取出那个球，在屁股上蹭蹭亮，吐口唾沫，再蹭蹭亮。他放下手提包。要投就要漂漂亮亮地投。

他把那个硬质小红球在两手间扔来扔去，掂量着它的重量。

他从三柱门前小跑开，轻飘飘、无忧无虑的美妙感觉油然而生。他决定了球速[1]，中偏快，随后目测出一段足够长的助

---

① 板球的中偏快（medium-fast）指 113 到 128 公里每小时球速的球，属于快球。——译者

跑距离。

他抬头望天。鸟儿盘旋，几朵白云匆匆而过。警车、救护车的警笛声和人们哭叫嘶喊的声音纷繁喧闹，但亚瑟不为所动，只感到一种奇异的快乐。他要在劳德板球场投球了。

他转过身，用脚上的卧室拖鞋刨了几下地面。他挺起胸膛，把球抛进空中，然后又接住。

他开始助跑。

跑了几步，他注意到三柱门前站着一名击球手。

哦，很好，他心想，这就能添加一点儿……

可是，双脚把他带得更近，他也看得更清楚了。三柱门前的击球手既不属于英格兰板球队，也不属于澳大利亚板球队，而是机器人坂裘队的一名成员，是一个冷冰冰、硬邦邦的致命白色杀手机器人，想必没有和同伴一起返回飞船。

好多个念头在亚瑟·邓特的大脑里相互冲撞，但他似乎就是停不下脚步。时间像是过得特别、特别慢，但他似乎无论如何就是停不下脚步。

他像是身处糖浆之中，慢慢地转动思绪混乱的脑袋，看着自己的手，自己握着硬质小红球的那只手。

双脚缓缓地向前踏步，他无力阻止，只能眼巴巴地看着无助地握在手里的小球。那东西散发出深红色的光芒，间歇性地闪烁着。但他的双脚不为所动，仍在继续迈步。

他再次望向前方的坂裘机器人，它毫不动摇、神色坚定，已经举起战棒，准备击球了。机器人的眼中燃烧着深邃而冰冷的催眠光芒，亚瑟没法移开视线。亚瑟像是望进了一条隧道，而隧道两端似乎什么也不存在。

此刻在脑海里碰撞的部分念头列举如下：

他觉得自己简直蠢到家了。

他觉得他该对自己听到过的许多事情更上心才对，字词在脑海里回荡，而双脚在迈步向前，走向不可避免的那一刻：他把球扔向坂袭机器人，坂袭机器人挥拍击球。

他记起哈克塔说过的话，“我失败了吗？失败不再让我烦恼。”

他记起哈克塔临终前的遗言，“覆水难收，我已完成使命。”

他记起哈克塔说过他想办法制造了“几样东西”。

他记起他在尘雾星云里的时候，手提包忽然动了一动，让他紧紧抱住了它。

他记起他逆时间旅行了几天，重返劳德板球场。

他还记起他这个投球手水平并不高。

他感觉到胳膊转动半圈，牢牢抓住小球——此刻他已经确定，这正是哈克塔自行制造的超新星炸弹，被哈克塔藏在了他身边，这个炸弹能让宇宙提前陡然终结。

他希望不存在死后的世界，并为之祈祷。紧接着他又意识到这两者相互矛盾，于是改为仅仅希望不存在死后的世界。

否则的话，遇到其他人会让他非常、非常尴尬。

他希望、很希望、衷心希望自己的投球还是和记忆中一样糟糕，因为此时此刻能阻挡宇宙湮灭的就只有这件事了。

他感觉到双腿在踏步，胳膊在回转，感觉到两脚碰到了被他随手扔在奔跑路线上的航空手提包，感觉到身体重重地向前摔去，但他的脑子里被其他念头塞得满满当当，他完全忘记了撞击地面，于是就没有撞上地面。

他展臂翱翔，惊讶得呜咽起来，右手仍旧紧紧地握着那个球。

他在空中盘绕，失控旋转。

他弯弯曲曲地落向地面，发疯般地破空而去，把炸弹随手抛向远方，解除了危险。

他从后方扑向惊魂未定的机器人。机器人还举着多功能战棒，但忽然没有了可供击打的东西。

亚瑟突然蛮力爆发，从呆若木鸡的机器人手中抢过战棒，在半空中做了个令人头晕目眩的倾侧回旋，然后猛地一个动力俯冲扑回来，疯狂挥拍，敲得机器人的脑袋和肩膀分了家。

“现在可以走了吧？”福特问。

尾声：生命，宇宙以及一切

最后，他们又开始旅行。

有段时间亚瑟·邓特不肯上路，他说小酒馆数学引擎揭示了时空合一、梵我合一、知实合一的道理，还告诉他一个人走得越远就越是原地踏步，反正总而言之他更愿意休养一阵子，梳理梳理思路，既然他和宇宙已经结为一体，那么这应该花不了太多时间，事后他可以好好休息一番，练练飞行、学学烹饪什么的——他早有学习烹饪的想法，那罐希腊橄榄油现在成了他最宝贵的财物，他说橄榄油出乎意料地回到他的生活中的方式让他产生了某种特定的万物合一的感觉，而这又让他想……

他打个哈欠，睡着了。

第二天早晨，其他人正准备送他去个安静的田园星球，那里的居民不会在乎他唠叨这些东西，这时他们忽然收到了电脑发出的求救呼叫，于是转向前去调查。

一艘虽小但显然未曾受损的“子午线”级飞船在太空里跳着古怪的吉格舞。经过电脑的简短扫描，他们发现飞船和舰载电脑都没问题，驾驶员却疯了。

他们把他带上“黄金之心号”，那男人咆哮着坚持道：“半疯，半疯。”

他是《寰星每日记事》的记者。他们给他打了镇静剂，让马文陪着他，直到他答应尽量不胡言乱语为止。

“我正在报道一次审判，”他最后说，“在亚加布森举行。”

他撑着憔悴的瘦弱肩膀坐起来，眼神狂乱地飘来飘去，白发像是在和隔壁房间的熟人打招呼。

“别着急，悠着点儿，”福特说。翠莉安按住他的肩膀，安抚他。

那男人又倒下去，盯着飞船诊疗舱的天花板。

“这个案件，”他说，“已经无关紧要了，但有个证人……证人……是个叫……普拉克的，怪人，很难应付。法庭最后不得不给他打了一针，要他说实话，打的是吐真药。”

他的眼睛在脑袋里绝望地转动着。

“打得太多了，”他轻轻呜咽。“打得实在太多了。”他开始哭泣。“那些机器人肯定碰到了医生的胳膊。”

“机器人，”赞法德急切地叫道。“什么机器人？”

“几个白色机器人，”那男人嘶哑地低语道，“冲进法庭，抢走了法官的权杖，亚加布森的正义权杖。谁知道他们为啥要抢那东西。”他又开始哭泣。“我估计他们碰到了医生的胳膊……”

他左右使劲摇着脑袋，模样既无助又悲哀，痛苦得翻起了白眼。

“然后，审判继续下去，”他哭兮兮地悄声说，“法官向普拉克提了个最最不幸的要求。法官请普拉克，”他停下来，打着哆嗦说，“起誓讲真话、完全讲真话、只讲真话。可是，你们还不明白吗？”

他忽然又撑起上半身，对他们大喊大叫。

“他们给他打了太多太多那种药！”

他重又倒下，静静呻吟。“太多太多太多太多……”

床边的这几个人面面相觑，背上直起鸡皮疙瘩。

“发生什么了？”赞法德最后问。

“天哪，他全都说了，”那男人怒吼道，“就我所知，他现在也还在说。都是奇异、可怕的事情……可怕，真可怕啊！”他嘶喊道。

他们试着安慰他，但他挣扎着又撑起了上半身。

“可怕的事情，难以理解的事情，”他喊道，“能逼人发疯的事情！”

他向众人投去狂乱的视线。

“或者像我这样，”他说，“半疯。我是记者。”

“你是说，”亚瑟静静地问，“你已经习惯于直面真相了？”

“不，”那男人迷惑地皱起眉头。“我是说我随便找个借口，提前溜掉了。”

他随即陷入昏迷，只短暂地醒来过一次。

那次醒来的时候，众人得知了如下事实：

人们发觉无法阻止普拉克继续往下说，他已是真理绝然的终极化身，于是撤空了法庭。

不但撤空，而且还封存了，把普拉克关在里面。他们在法庭周围筑起钢铁墙壁，为了保险起见，再加上铁丝网、电网和鳄鱼池，并且驻扎了三支大军，以确保不会有任何人再听见普拉克在说什么。

“太可惜了，”亚瑟说。“我还想听听他的见解呢。他应该知道终极答案对应的终极问题是什么。我们从来没搞清楚过，弄得我很烦恼。”

“想个数字，”电脑说，“随便哪个数字都行。”

亚瑟把国王十字地铁站乘客问讯处的电话号码给了电脑，他觉得这个号码总该有什么用处吧，这次证明事实确实如此。

电脑把号码塞进已经修好的不可能性引擎。

在相对论里，物质告诉空间如何弯曲，空间告诉物质如何移动。

“黄金之心号”告诉空间别碍事，然后干净利落地停在了亚加布森法院的钢铁墙壁之内。

法庭是个肃穆简朴的地方，巨大的房间黑洞洞的，设计思路显然是为了伸张正义，而非——举例来说——追求欢愉。你不会有兴趣在这里召开午餐会，就算勉强召开了恐怕也无法成功。装饰风格会让宾客心情低落。

拱形天花板很高，非常暗。阴影带着坚韧的决心潜伏于此。墙壁的镶板、长椅和厚实立柱的覆面，这些都挑选了可怖的亚格莱巴德森林里色调最暗、最严峻的树木雕刻。矗立于房间中央的黑色法官席硕大无朋，简直是个沉重的怪物。就算曾有阳光钻进过亚加布森的法院综合大楼，艰难跋涉来到此处，恐怕也会立刻转身，沿着原路偷偷溜走。

亚瑟和翠莉安一马当先，福特和赞法德勇敢断后。

刚开始只见一片漆黑，渺无人烟。脚步声在房间里空落落地回荡。这可怪了。按照先前扫描的结果，法院外仍旧戒备森严，他们因此以为普拉克仍旧在讲真话。

但这里却毫无动静。

他们的眼睛逐渐适应黑暗，随即瞥见角落里有团黯淡的红光，红光背后有个会动的影子。他们把手电筒扫了过去。

普拉克坐在一张长椅上，正在没精打采地抽着烟。

“嗨，”他稍微挥了挥手。他的声音在房间里回响。这是一位小个子男人，头发乱蓬蓬的。他耷拉着肩膀，脑袋和膝盖不停摇晃。他吸了一口香烟。

亚瑟和翠莉安盯着他。

“怎么了？”翠莉安问。

“没什么，”那男人抖着肩膀说。

亚瑟用手电筒照亮普拉克的脸。

“还以为，”他说，“你应该在讲真话、完全讲真话、只讲真话。”

“哦，那个啊，”普拉克说。“是的，讲过了，讲完了。其实没有大家想象中那么多。不过有些挺有意思的。”

他忽然爆发出长约三秒钟的癫狂大笑，旋即停下。他坐在那儿，摇晃着脑袋，抖着膝盖。他抽着烟，脸上露出无可无不可的古怪笑容。

福特和赞法德走出暗处。

“跟我们说说，”福特说。

“呃，我已经不记得了，”普拉克答道。“我想过要不要写下几条，但一是找不到铅笔，二是转念一想，费这个劲干什么呢？”

接下来是一段长久的沉默，他们觉得在此期间都能感觉到宇宙衰老了一点点。普拉克望着手电筒的灯光。

“一条都不记得了？”亚瑟终于说。“难道连一条都不记得了？”

“是啊。不过有趣的地方都和青蛙有关系，这个我记得。”

他忽然再次仰天狂笑，在地上使劲跺脚。

“你绝对不会相信青蛙的某些事情，”他喘息道。“走，咱们去捉青蛙。小伙子，让我用全新的视角考察它们！”他一跃而起，跳了几个小小的舞步。他停下，狠狠地抽了一口香烟。

“咱们去找青蛙吧，让我好好嘲笑一下，”他说。“不过，请问各位是何许人也？”

“我们是来找你的，”翠莉安说，存心不掩饰声音中的失望。“我叫翠莉安。”

普拉克摇晃着脑袋。

“福特·大老爷，”福特·大老爷耸耸肩。

普拉克摇晃着脑袋。

“至于我，”赞法德等了一会儿，觉得沉默已经足够深沉，可以让他轻描淡写地抛出这么一颗重磅炸弹了，“我是赞法德·毕博布鲁克斯。”

普拉克摇晃着脑袋。

“这家伙是谁？”普拉克朝亚瑟抖着肩膀说，亚瑟已经沉默了好一阵子，沉浸在种种失望的思绪之中。

“我？”亚瑟说。“哦，我叫亚瑟·邓特。”

普拉克的眼珠子险些掉出来。

“不是说笑吧？”他惊呼道。“你是亚瑟·邓特？鼎鼎大名的亚瑟·邓特？”

他踉跄后退，抱着肚子迸发出又一阵狂笑。

“喂，光是想到遇见你！”他上气不接下气地说。“兄弟，”他喊道，“你是最最……天哪，青蛙什么的全都靠边站吧！”他又喊又笑，仰天倒在长椅上，歇斯底里地嚎叫不已。他渐渐喘息着平静下来，抬头看看他们，又看看亚瑟，又是好一阵狂呼大笑。最后，他睡着了。

亚瑟站在那里，嘴角抽搐，看着另外三个人抬着昏睡的普拉克登上飞船。

“去接普拉克之前，”亚瑟说，“我正打算离开。现在我仍然想走，而且觉得越快越好。”

其他人默然点头，远处从飞船最远处普拉克的舱室传来歇斯底里的发闷笑声，只有这笑声轻微地打破了此刻的沉默。

“我们问过他了，”亚瑟继续道，“或者说你们问过他了——至于我，你们也清楚，根本没法接近他——你们什么都问了，但他似乎无法提供任何有价值的答案。只有这儿半句那儿半句的零碎消息，还有我完全不想听的青蛙段子。”

另外三个人尽其所能压住傻笑。

“我得说，我是最懂欣赏笑话的，”亚瑟说，然后不得不等待其他人停止大笑。

“我是最懂……”他说着说着又停下了。这次停下是在倾听此刻的寂静。这次听见的寂静货真价实，而且降临得非常突然。

普拉克安静了。过去这几天里，始终有响彻全船的癫狂笑声陪伴大家，偶尔碰到吃吃轻笑和睡眠时间，他们才能短暂地解脱一阵子。亚瑟的灵魂被疑心病紧紧地捏在了手心里。

这不是睡觉时的那种安静。蜂鸣声响起。望向控制面板，他们发现是普拉克揿下了蜂鸣器。

“他不行了，”翠莉安静静地说。“不间断的大笑彻底摧毁了他的身体。”

亚瑟的嘴角又是一抽，但他什么也没说。

“咱们还是去看看他吧，”翠莉安说。

翠莉安走出船舱时一脸严肃。

“他要你进去，”翠莉安对亚瑟说，亚瑟一脸紧抿嘴唇的阴郁模样。他把双手深深插进晨衣口袋，搜肠刮肚地寻找听起来不那么小气的话。真是太不公平了，但他就是找不到。

“求你了，”翠莉安说。

他耸耸肩，只好走了进去，仍旧一脸紧抿嘴唇的阴郁模样，尽管这通常是被普拉克气出来的表情。

亚瑟低头看着折磨自己的人，他静静地躺在床上，脸色苍白，面容憔悴，呼吸浅而急促。福特和赞法德站在床边，满脸的不自在。

“你想问我什么，”普拉克用纤细的声音说，轻轻地咳了两声。

仅仅听见咳声就让亚瑟绷紧了身体，但咳嗽很快过去，他也平静下来。

“你是怎么知道的？”他问。

普拉克虚弱地耸耸肩。“因为这是真的，”他答得很简单。

亚瑟接受了他的主张。

“是的，”他最后开口时不由紧张得拖长了调子。“我的确有个问题。更确切地说，我有一个答案，我想知道问题是什么。”

普拉克同情地点点头，亚瑟略微放松了一些。

“这是……呃，说来话长，”他说，“但我想知道的问题是生命、宇宙以及一切的终极问题。我们只知道答案是四十二，实在让人很恼火。”

普拉克又点点头。

“四十二，”他说。“对，没错。”

他停了下来。思绪和记忆的阴影掠过他的脸庞，一如云影掠过大地。

“我很抱歉，”他最后说，“问题和答案是互不相容的。知道其中之一就从逻辑上排除了知道另外一个的可能性。你不可能在同一个宇宙内同时知道问题和答案。”

他又停了下来。失望爬上亚瑟的脸庞，找到待惯了的地方，舒舒服服地躺下。

“而且，”普拉克挣扎着梳理出一条思路，“如果真的同时知道了，问题和答案应该会相互抵消，顺便把宇宙一并带走，取而代之的则是更怪异、更难以说明的什么东西。此事很有可能已经发生过了，”他虚弱地笑了笑，“但这其中还存在着一定数量的不确定性。”

他轻轻嗤笑几下，身体微微起伏。

亚瑟找了个凳子坐下。

“唉，好吧，”他听天由命地说，“我只是希望真的存在什么理由。”

“你听过，”普拉克说，“理由的故事吗？”

亚瑟说他没听说过，普拉克说他知道亚瑟没听说过。

他讲了起来。

一天夜里，他说，一艘飞船出现在一颗行星的天空中，这里的居民从没有见过飞船。这颗行星名叫达尔佛萨斯，船呢？就是这一艘。它如璀璨新星般静静划过夜空。

原始部落的成员密密麻麻地挤坐在一个叫冷山坡的地方，从冒着热气的晚间饮品上抬起头，举起颤巍巍的手指指着天空，信誓旦旦地说他们见到了征兆，这是天神给的启示，意思是说他们必须立刻起身，前去杀死邪恶的平原诸侯。

平原诸侯的宫殿里，高高的塔楼上，他们抬头看见了闪耀的星辰，认为这毫无疑问是天神送来的征兆，要他们立刻动身，攻打被诅咒的冷山坡部落。

冷山坡部落和平原诸侯之间，森林居民抬头望天，见到新星带来的征兆，心头涌起恐惧和忧虑。尽管从未见过类似的东西，但他们打心底里知道它预示着什么，不由绝望地低下了头。

雨季来临是个征兆，他们知道即将发生什么。

雨季离去是个征兆。

起风是个征兆。

风停是个征兆。

三个脑袋的山羊在满月子夜诞生是个征兆。

完全正常的小猫小狗在下午某时降生，没有任何分娩并发症，或者仅仅是个鼻子上翘的婴儿诞生，这一般而言也被视为征兆。

因此，新星划过夜空毫无疑问是个征兆，而且级数格外惊人。

每个征兆预示的都是同样一件事情，那就是平原诸侯和冷山坡部落又要杀个死去活来了。

这件事本身并不特别糟糕，问题在于平原诸侯和冷山坡部落总把厮杀地点选在森林里，双方交战后损失最为惨重的永远是森林居民，尽管他们无论怎么看都觉得事情和他们没有半点关系。

有些时候，最凶残的屠戮过后，森林居民会派遣信使，去面见平原诸侯和冷山坡部落的领袖，请他们说说如此难以容忍的暴行背后到底有什么理由。

而对方的领袖，无论是哪一方的，都会把信使带到旁边，向他解释其中的理由，说得又慢又仔细，尤其在其中可观的细节上费尽唇舌。

最可怕的地方在于，理由永远很好，非常清晰，非常合乎理性，非常难以动摇。信使总会垂下脑袋，觉得又是悲哀又是愚蠢：自己竟然未能意识到真实世界是多么冷酷、多么复杂，而想在真实世界生活又必须克服多少困难和矛盾。

“现在你理解了吗？”领袖会这么问他。

信使只知道傻乎乎地点头。

“你明白这些战斗都是必须进行的了？”

接着傻乎乎地点头。

“还有为什么必须在森林里进行，为什么符合所有人的利益——森林居民也包括在内，明白了吗？”

“呃……”

“要用长远的眼光看问题。”

“呃，明白了。”

信使确实明白了理由，他回到森林里，去和同胞会合。但就在他走向他们的时候，就在他穿行于森林里树木间的时候，他发现他对理由的记忆仅限于那论证听起来有多么清晰。理由本身到底是什么，他一点儿也记不起来。

当然了，等下一次部落和诸侯在森林里刀劈火烧，杀死挡道的每个森林居民，到了那时候，这将是多么大的慰藉啊。

普拉克讲着讲着停下了，可怜兮兮地咳嗽几声。

“你们飞船的出现引发了格外凶残的战斗，”他说，“这场战斗过后的信使就是我。我们的人死了很多。我以为我能把理由带回去。我去找诸侯的领袖，他把理由告诉了我，但理由却在回家路上像白雪见到太阳似的消散在了脑海里。那是许多年前了，自此以后又发生了很多事情。”

他抬头看着亚瑟，发出微乎其微的讪笑声。

“打了吐真药还让我记起一件事情，除了青蛙什么的不谈，那就是上帝留给他的造物的最后消息。想听听吗？”

他们一时间不知道是否该当真。

“是真的，”他说。“千真万确，不骗你们。”

他的胸膛微微隆起，他在拼命呼吸。他的脑袋微微耷拉了下去。

“刚知道的时候没给我留下什么印象，”他说，“现在回想起来，诸侯的理由给我留下了多么深刻的印象，但过后没多久我就完全记不起来了，因此我觉得上帝的口信兴许还更有用呢。想知道他说了什么吗？想知道吗？”

他们傻乎乎地点头。

“我猜也是。如果你们真的这么感兴趣，那我建议诸位自己去看看吧。口信用三十英尺高的火焰字母写在塞沃比优普斯特雷大陆的昆图鲁斯·奎兹嘎山脉顶端，那地方在银河系 QQ7 正 J 伽马区的扎斯星系的从内向外第三颗行星普利留姆塔恩上，由笨伯星的装严万特拉壳把守。”

听他说完，大家沉默良久，最后还是亚瑟打破了沉默。

“不好意思，什么地方？”他说。

“口信用，”普拉克重复道，“三十英尺高的火焰字母写在塞沃比优普斯特雷大陆的昆图鲁斯·奎兹嘎山脉顶端……”

“不好意思，”亚瑟又说，“什么山脉？”

“塞沃比优普斯特雷大陆的昆图鲁斯·奎兹嘎山脉，那地方在……”

“什么大陆？我没听清楚。”

“塞沃比优普斯特雷，那地方在……”

“塞沃比——什么？”

“唉，老天在上，”普拉克说完就气哼哼地死掉了。

接下来几天，亚瑟很少想起上帝的留言，最后决定不让自己被牵着鼻子走，而是坚持执行原先的计划，找个漂亮的小星球定居下来，过上平静的退休生活。一天之内两次拯救宇宙，他觉得从今往后可以悠着点儿了。

其他几个人把他送到了坂袠行星，这里重又变成了田园牧歌式的好地方，尽管居民的歌曲还是偶尔让他精神紧张。

他花了很多时间飞行。

他学会了和鸟儿沟通，发现鸟儿的对话无聊得可怕，说的都是风速、翼展和功率-重量比，剩下的都和浆果有关。不幸的是，他发现一旦学会鸟语，很快就会发觉空中随时都充满了鸟儿无聊琐碎的唠叨。你根本无法逃脱。

亚瑟因此最终放弃了飞行，学着在地面上生活，很快就沉醉其中，尽管在地上也还是要听到许多无聊琐碎的唠叨。

一天，他哼着最近听来的迷人小调走过田野，一艘银色飞船从空中降落，停在了他的面前。

舱门打开，舷梯伸展，高个子灰绿色外星人大踏步走下飞船，向他走来。

“亚瑟·菲利……”外星人说着恶狠狠地瞪了亚瑟一眼，然后低头看写字板。他皱起眉头，又抬头看着亚瑟。

“我已经侮辱过你了，对吧？”他说。

M E M O

To: GDE

From: CSU

Date: 24th November 1981

Douglas Adams

I passed on your points to Douglas re LIFE, THE UNIVERSE AND EVERYTHING.

He says there are not really any new key characters unless you count God and the devil.

It's apparently hard to nail the central theme, but God and the devil and Lord's cricket ground all feature. The book ends with God's final message: "We apologise for the inconvenience."

Douglas is adamant - and by the sound of it I suspect he's right - that the cover should not be representational of the storyline and characters, but follow the same abstract theme of the excellent covers of the first two books.

关于封面设计的备忘录

至：GDE

自：CSU

日期：1981年12月24日

道格拉斯·亚当斯

我将你就《生命，宇宙以及一切》的观点转达了道格拉斯。

他说除非把上帝和魔鬼算上，否则并没有出现什么新角色。

想说清中心主题显然很困难，不过上帝、魔鬼和劳德板球场都会露面。本书结束于上帝的最终留言："种种不便，敬请原谅。"

道格拉斯坚持认为封面不该具体表现故事线和角色，而应该遵循和前两册漂亮封面一样的抽象风格——从他的语气来看，我认为他说得对。

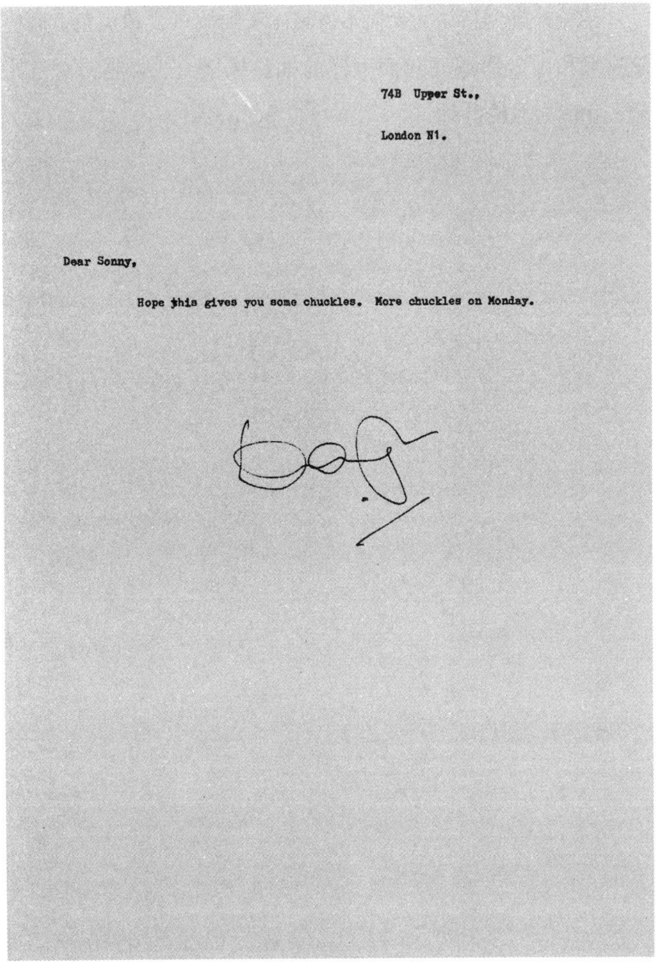

74B Upper St.,

London N1.

Dear Sonny,

Hope this gives you some chuckles. More chuckles on Monday.

道格拉斯写给编辑桑尼·梅塔的信件

高街 74 号，伦敦 N1.

亲爱的桑尼，

望能博君一笑。周一陆续有来。

Life, the Universe etc

~~In the course of this book we discover that our game of cricket is the result of a bizarre freak of racial memory.~~

In the course of this book we discover why the Earth has always been shunned by the rest of the Galaxy.

It's because we play cricket.

~~xxxx~~ ~~xxxx~~ ~~is The worst wars which ever sundered the Galaxy were the Krikkit wars.~~

The game is a freakish racial memory of the worst wars ever to sunder the Galaxy. A small planet called Krikkit ~~xxxx~~ out on the edge of the Galaxy had suddenly launched a massive ~~xxxx~~ genocidal attack on the whole of the rest of the galaxy, on the grounds that it had only just discovered it was there. Up till that point, Krikkit ~~xxxx~~ had always thought that it was alone in the Universe, because it was surrounded by a huge Dust Cloud.

The Krikkit army was an army of ~~xxxx xxxx~~ white robots armed with weapons which to our eyes look extraordinarily like cricket bats and balls.

Arthur and Ford turn up unexpectedly at Lord's cricket ground, just in time to see a spacecraft materialise there and team of Krikkit robots steal the ~~xxxx~~ Ashes. The burnt stump is part of a Wicket shaped key which will release the planet of Krikkit from its time-prison.

Slartibartfast, who is now the Vice President of the Campaign for Real Time is also at Lords to see this.

The three of them set out to prevent the Krikkit robots from recovering the other parts of the Key.

One of them is in a Courtroom, where Zaphod Beeblebrox has just been given an accidental massive overdose of a truth serum, and has then been ordered to tell the Truth, the whole Truth and Nothing But the Truth, with ~~xxxx~~ disastrous results.

Another piece is to be found at one of the worst, longest and most destructive parties ever held. It is already into their fourth generation and still no one shows any signs of going.

Another piece is at a monastery at which the monks will believe anything for a day provided that it isn't true.

Another piece is at a modern and deserted bleak spaceport. No one uses it. Since the invention of time travel, everyone prefers to use the old beautiful spaceport, which is why it got so crowded it had to be rebuilt.

The Krikkit robots release their masters, and the wars break out all over again.

We discover that the Dust Cloud with which Krikkit is surrounded is the remains of an almost infinitely ancient computer which was once ordered to destroy the Universe and cocked it up. It's been working on the idea ever since. It has stage managed the whole Krikkit affair.

Arthur, Ford etc manage with a witty (honest) strategy to defeat the Krikkit robots and go to return the Ashes to Lords. As a parting shot Arthur bowls a ball at Lords - a long standing ambition, and realises with horror that the ball with which he is bowling is the missing device designed by the ancient computer with which the Universe could be destroyed.

The Universe is saved by the fact that Arthur is a terribly bad bowler.

"The History of the Hitch Hiker's Guide to the Galaxy is one of idealism, despair, struggle, passion, success, failure, and enormously long lunch breaks."

Quoted from interview with Hurling Frootmig,
17th acting editor of the Guide.

"There is an art to flying, or rather a knack. The knack lies in learning how to throw yourself at the ground and miss."

Extract from the Guide, chapter 973a,
on "Recreational Impossibilities."

"The point is, you see, that there is no point in driving yourself mad trying to stop yourself going mad. You might as well give in and save your ~~xxxxxx~~ sanity for later."

Ford Prefect, confronted with some of the
awful truths about Life, the Universe and
Everything.

"Why stop now, just when I'm hating it?" Marvin the Paranoid Android.

道格拉斯亲撰的《生命，宇宙以及一切》故事大纲

我们将在本书中发现，银河系的其他星球始终对地球敬而远之。

因为我们打板球。

这项运动是一段恐怖的种族记忆，源自震撼银河的可怕战争。一颗位于银河边陲、名叫“坂袭”的不起眼行星突然向整个银河系发动了灭绝袭击，原因只是由于它忽然发现了银河系的存在。在此之前，坂袭人始终以为他们孤独地生活在宇宙之中，因为这颗星球被重重尘埃星云包围。

坂袭军队是一帮白色机器人，所持武器在我们看来无比类似板球拍和板球。

亚瑟和福特毫无心理准备地出现在劳德板球场，恰好目睹

太空飞船现身，坂袠机器人抢走灰烬杯。这个烧剩下来的球拍残骸是仨柱门形状钥匙的一部分，而钥匙能把坂袠行星从时间监狱中释放出来。

银辟法斯特，现任“真实时间运动”组织的副主席，也恰好在劳德球场目睹了这一切。

他们三个人出发去阻止坂袠机器人寻回钥匙的其他组件。

一个组件在法庭上，赞法德·毕博布鲁克斯刚好被注射了巨量的吐真剂，法庭命令他讲真话、完全讲真话、只讲真话，结果酿成了灾难。

另一个组件要去有史以来最声名狼藉、持续时间最长、破坏性最强的派对上寻找，派对已经进入第四个世代，但谁也没有要离开的意思。

还有一个组件在修道院里，那里的僧侣愿意在一天之内相信任何事情，只要不是真的就行。

最后的组件在一个顶先进但空无一人的凄凉太空港。没人使用这个港口。由于时间旅行的发明，所有人都喜欢使用古老而美丽的太空港，因此旧太空港人满为患，不得不翻新重建。

坂袠机器人释放了它们的主人，战争重新开始。

我们会发现那片包围坂袠行星的尘埃星云是一台古老得不可思议的电脑的残骸，曾有人命令它摧毁并拆散宇宙。电脑一直在努力执行命令。正是它导演了坂袠行星的这档子事。

亚瑟、福特和其他人想出睿智(不折不扣！)的方案击败了坂裘机器人，将灰烬杯归还给劳德球场。为了告别，亚瑟在劳德球场投出一球，这是他长久以来的梦想；但他恐惧地意识到，他正在投的这个球正是古老机器人所设计装置的丢失组件，它有能力摧毁整个宇宙。

宇宙之所以得救，只是因为亚瑟是个非常糟糕的投手。

“《银河系搭车客指南》的历史包含了理想主义、绝望、挣扎、激情、成功、失败和长得不可思议的午餐休息时间。”

——引自《指南》第十七任代理主编贺令·弗鲁特米格的访谈录

“飞行自有飞行的技法，或者称之为诀窍更适合。诀窍在于学会怎么把自己扔向地面但又错过地面。”

——《指南》，第973a章，“不可能达成的休闲手段”

“你要明白，重点在于，努力得要发疯地阻止自己发疯是没有意义的。还不如先放弃，以后有机会再去挽救你的健康心智。”

——福特·大老爷，被问及生命、宇宙以及一切的某些伟大真理时说。

“为啥要在我最憎恨它的时候停下来呢？”偏执狂机器人马文说。

74B Upper St.

N1

Dear Sonny,

Please give me a call when you receive this.

Am still labouring with the climax scene and a rewrite of the already extant epilogue.

Will be finished by the end of the day (do I mean me or the book? Haven't been to bed yet)

Douglas.

道格拉斯写给编辑桑尼·梅塔的信件

高街74号，伦敦N1.

亲爱的桑尼，

见信请打电话给我。

我还在努力构思高潮部分场景，并重写已经写好的尾声。

今晚就将完结（说的是我还是这本书？到现在还没睡觉呢）。

道格拉斯。

senselessly violent

Meet the Alovia, the most ~~warlike~~ race in the history of Life, the Universe and Everything.

"Tp try and control themselves they passed a law decreeing that anyone who had to carry a weapon as part of his normal work (policemen, security guards, primary school teachers etc.,) had to spend at least forty minutes a day punching a sack of potatoes to work off their surplus aggression.

This worked well for a while, until someone suggested that it would be much more efficient and less time consuming if they just shot the potatoes instead. This led to a renewed enthusiasm for shooting all kinds of things and they all got very excited at the prospect of their first major war for months."

A momentous reunion in prehistory....

"I thought you must be dead..." said Arthur.

"So did I for a while," said Ford, "and then I decided I was a lemon for a couple of weeks. I kept myself amused all that time jumping in and out of a gin and tonic."

Arthur cleared his throat.

"Where," he said, "did you..."

"Find a gin and tonic?" said Ford, "I found a small lake which thought it was gin and tonic and jumped in and out of that. At least, I think it thought it was a gin and tonic. I may," he added with a grin which would have sent sane men scampering into trees, "have been imagining it."

One of the strangest events in the history of Life,the Universe and Everything xxxx occurred here, on Earth, shortly before it got demolished to make way for a xx new hyperspace xx bypass,..

"In the silence there still the basic hopeful assumption that there was some kind of joke going on, or that this would turn out to be a promotional stunt for Australian Margarine.

A few seconds later, of course, a lot of Lord's cricket ground was completely obliterated, and the survivors knew, and knew completely, that even Australian margarine manufacturers would not stoop this low."

原稿摘录

来见见亚罗维亚人吧，生命、宇宙以及一切历史上暴力得最毫无理由的种族。

为了试图控制自己，他们颁布法令，要求任何因工作需要必须携带武器的人(警察、保安、小学老师，等等等等)，必须每天花至少四十五分钟捶打一袋马铃薯，以释放他或她多余的侵略性。

刚开始一段时间，这个法子颇为奏效，但很快就有人觉得直接朝马铃薯射击更有效率，也更节约时间。人们重新燃起朝各种东西射击的热情，几周以来的第一次大型战争即将打响，每个人都兴奋不已。

史前的一次伟大重聚……

"还以为你肯定死了……"亚瑟说。

"我有阵子也这么想,"福特说,"后来有几个星期我觉得自己是个柠檬,跳进跳出一杯金汤力,给我带来了许多乐趣。"

亚瑟清清喉咙。

"你,"他说,"在哪儿……?"

"找到的金汤力?"福特快活地说。"我发现了一个小湖,觉得那是一杯金汤力,跳进跳出玩个不停。至少我觉得它认为自己是杯金汤力。也许,"他的笑容能吓得精神正常的人逃进树林,"只是我的想象而已。"

生命、宇宙以及一切史上最怪诞的事件就发生在此处，发生在地球上，用不了多久，地球就将为了修建超空间旁道而被摧毁……

一片寂静之中，还有人天真地以为这是什么恶作剧，或者不过是澳大利亚人造黄油制造商的宣传表演。

几秒钟后，劳德板球场的好大一块灰飞烟灭，幸存者终于明白过来，完完全全地明白过来，就连澳大利亚人造黄油制造商也不可能这么下作。

图书在版编目(CIP)数据

生命，宇宙以及一切/(英)亚当斯(Adams,D.)著；
姚向辉译 —上海：上海译文出版社，2013.1(2025.3 重印)
书名原文：Life，the Universe and Everything
ISBN 978-7-5327-5967-5

Ⅰ.①生… Ⅱ.①亚… ②姚… Ⅲ.①长篇小说—英
国—现代 Ⅳ.①I 561.45

中国版本图书馆 CIP 数据核字(2012)第 219900 号

Douglas Adams
Life，The Universe and Everything

图字：09-2010-258 号

生命，宇宙以及一切
[英]道格拉斯·亚当斯 著 姚向辉 译
责任编辑／张吉人 装帧设计／张志全工作室

上海译文出版社有限公司出版、发行
网址：www.yiwen.com.cn
201101 上海市闵行区号景路159弄B座
启东市人民印刷有限公司印刷

开本 787×1092 1/32 印张 8.75 插页 2 字数 100,000
2013 年 1 月第 1 版 2025 年 3 月第 19 次印刷
印数：95,001-101,000 册

ISBN 978-7-5327-5967-5
定价：35.00 元

如有质量问题，请与承印厂质量科联系。T：0513-83349365